副刊文丛 一 主编 李辉 王刘纯

文艺地图之
一城风月向来人

孙小宁 编

中原出版传媒集团
大地传媒
大象出版社
·郑州·

图书在版编目(CIP)数据

文艺地图之一城风月向来人 / 孙小宁编.— 郑州 :
大象出版社, 2017. 1
(副刊文丛 / 李辉, 王刘纯主编)
ISBN 978-7-5347-9069-0

Ⅰ. ①文…　Ⅱ. ①孙…　Ⅲ. ①随笔—作品集—中国—
当代　Ⅳ. ①I267. 1

中国版本图书馆 CIP 数据核字(2016)第 272387 号

文艺地图之一城风月向来人

孙小宁　编

出 版 人　王刘纯
项目统筹　李光洁　成　艳
责任编辑　成　艳
责任校对　裴红燕
书籍设计　段　旭

出版发行　大象出版社(郑州市开元路 16 号　邮政编码 450044)
　　　　　发行科　0371-63863551　总编室　0371-65597936
网　　址　www.daxiang.cn
印　　刷　北京汇林印务有限公司
经　　销　各地新华书店经销
开　　本　787mm×1092mm　1/32
印　　张　9.5
版　　次　2017 年 1 月第 1 版　2017 年 1 月第 1 次印刷
定　　价　36.00 元
若发现印、装质量问题,影响阅读,请与承印厂联系调换。
印厂地址　北京市大兴区黄村镇南六环磁各庄立交桥南 200 米(中轴路东侧)
邮政编码　102600　　　　电话　010-61264834

“副刊文丛”总序

李　辉

设想编一套“副刊文丛”的念头由来已久。

中文报纸副刊历史可谓悠久，迄今已有百年行程。副刊为中文报纸的一大特色。自近代中国报纸诞生之后，几乎所有报纸都有不同类型、不同风格的副刊。在出版业尚不发达之际，精彩纷呈的副刊版面，几乎成为作者与读者之间最为便利的交流平台。百年间，副刊上发表过多少重要作品，培养过多少作家，若要认真统计，颇为不易。

“五四新文学”兴起，报纸副刊一时间成为重要作家与重要作品率先亮相的舞台，从鲁迅的小说《阿Q正传》、郭沫若的诗歌《女神》，到巴金的小说《家》等均是在北京、上海的报纸副刊上发表，从而产生广泛影响的。随着各类出版社雨后春笋般出现，杂志、书籍与报纸副刊渐次形成三足鼎立的局面，但是，不同区域或大小城市，都有不同类型的报纸副刊，因而形成不同层面的读者群，在与读者建立直接和广泛的联系方面，多年来报纸副刊一直占据优势。近些年，随着电视、网络等新兴媒体的崛起，报纸副刊的优势以及影响力开始减弱，长期以来副刊作为阵地培养作家的方式，也随之隐退，风光不再。

尽管如此，就报纸而言，副刊依旧具有稳定性，所刊文章更注重深度而非时效性。在电台、电视、网络、微信等新闻爆炸性滚动播出的当下，报纸的所谓新闻效应早已滞后，无法与昔日同日而语。在我看来，唯有副刊之类的版面，侧重于独家深度文章，侧重于作者不同角度的发现，才能与其他媒体相抗衡。或者说，只有副刊版面发表的不太注重新闻时效的文章，才足以让读者静下心，选择合适时间品茗细读，与之达到心领神会的交融。这或许才是一份报纸在新闻之外能够带给读者的最佳阅读体验。

1982年自复旦大学毕业，我进入报社，先是编辑《北京晚报》副刊《五色土》，后是编辑《人民日报》副刊《大地》，长达三十四年的光阴，几乎都是在编辑副刊。除了编辑副刊，我还在《中国青年报》《新民晚报》《南方周末》等的副刊上，开设了多年个人专栏。副刊与我，可谓不离不弃。编辑副刊三十余年，有幸与不少前辈文人交往，而他们中间的不少人，都曾编辑过副刊，如夏衍、沈从文、萧乾、刘北汜、吴祖光、郁风、柯灵、黄裳、袁鹰、姜德明等。在不同时期的这些前辈编辑那里，我感受着百年之间中国报纸副刊的斑斓景象与编辑情怀。

行将退休，编辑一套“副刊文丛”的想法愈加强烈。尽管面临互联网等新媒体方式的挑战，不少报纸副刊如今仍以其稳定性、原创性、丰富性等特点，坚守着文化品位和文化传承。一大批副刊编辑，不急不躁，沉着坚韧，以各自的才华和眼光，既编辑好不同精品专栏，又笔耕不辍，佳作迭出。鉴于此，我觉得有必要将中国各地报纸副刊的作品，以不同编辑方式予以整合，集中呈现，使纸媒副刊作品，在与新媒体的博弈中，以出版物的形式，留存历史，留存文化。这样，便于日后人们可以借这套丛书，领略中文报纸副刊（包括海外）曾经拥有过的丰富景象。

“副刊文丛”设想以两种类型出版，每年大约出版二十种。

第一类：精品栏目荟萃。约请各地中文报纸副刊，挑选精品专栏若干编选，涵盖文化、人物、历史、美术、收藏等领域。

第二类：个人作品精选。副刊编辑、在副刊开设个人专栏的作者，人才济济，各有专长，可从中挑选若干，编辑个人作品集。

初步计划先从20世纪80年代开始编选，然后，再往前延伸，直到“五四新文学”时期。如能坚持多年，相信能大致呈现中国报纸副刊的重要成果。

将这一想法与大象出版社社长王刘纯兄沟通，得到王兄的大力支持。如此大规模的一套“副刊文丛”，只有得到大象出版社各位同人的鼎力相助，构想才有一个落地的坚实平台。与大象出版社合作二十年，友情笃深，感谢历届社长和编辑们对我的支持，一直感觉自己仿佛早已是他们中间的一员。

在开始编选“副刊文丛”过程中，得到不少前辈与友人的支持。感谢王刘纯兄应允与我一起担任丛书主编，感谢袁鹰、姜德明两位副刊前辈同意出任“副刊文丛”的顾问，感谢姜德明先生为我编选的《副刊面面观》一书写序……

特别感谢所有来自海内外参与这套丛书的作者与朋友，没有你们的大力支持，构想不可能落地。

期待“副刊文丛”能够得到副刊编辑和读者的认可。期待更多朋友参与其中。期待“副刊文丛”能够坚持下去，真正成为一套文化积累的丛书，延续中文报纸副刊的历史脉络。

我们一起共同努力吧！

2016 年 7 月 10 日，写于北京酷热中

目 录

是相遇，也是久别重逢

孙小宁

为一批优秀作者的文章集写前言是底气不足的，但又不得不写。谁让我是与他们打交道多年的编辑，并且差不多已成朋友。在纸媒如此衰微的今天，他们仍愿意把自己的锦绣文章交我刊发，而且刊登出来后还原谅我没有公众号，使这些文章无法在微信朋友圈广泛传扬。这是我的问题，但我好像并不急着纠正。每次见报后，我只晒版面图片，至于能不能读文，我并不管。或者，我就是存有私念：好的文章怎么能这么不付代价就看到？等着吧，将来结集出版了买书看。

编这本书时，我在《北京晚报》从事“人文”版编辑工作已到第五个年头，越来越感到以这样的方式从书业“转型”多么有预见。我的心性本就缓慢，更想做的就是约一些看似和时效无关却可以让人长久获益的有厚度的文章。而我一向心仪的就是这类“文艺地图”文章，个中原因，可参看第一本同类结集书《想起京都一只鸟》之前言——《让词语落在实处》。再往深说一句，我并不觉得做这样的版面就脱离了我热爱的书，相反，这样更像是在读天地之“书”，与阅读的本质、人的心灵更近了，也似乎更接地气。

此前，即2013年，从版面集成的第一批“文艺地图”结集出版。时隔三年，正考虑再将新的一批文章结集的时候，恰逢李辉先生约我编这一主题的图书，以此纳入他编选的“副刊文丛”。我甚感欣慰，甚至有竟为同好的暗喜。

暗喜是说，并不是所有著书立说者都看重这类文章。很多人常以“哦，你做的是旅游版啊”来想象我做的版面内容，我当然自信不是，而且举出陈丹燕老师的《贝尔格莱德读书记》给他们看。一个没有很深的人生阅历，又对所赴之地没有积淀与储备的人，怎么能写出这样的文章呢？虽然坊间也有人称陈丹燕老师为旅行作家，但读这篇文章时，我已不苟同这种评价。一个人的精神气质、知识储备、语言与记忆，以及对动荡世界的复杂认知，可以怎样有机地编织在一篇文章里，能兼顾如此多的面相，但又不显芜杂。如此浑然天成的大手笔，我真是深深折服。

可做约稿样板的不止她这一篇。事实上收录进来的每篇文章都有它的特质，甚至包括因整套书体例要求——每本书篇幅不能超过300页——而不得不割舍的一些文章。于编辑而言，当年约来的文章，每回看仍然文字有崭崭如新的鲜亮与欣喜，取舍权衡真的就是手心手背的肉的掂量，对于我这重度的选择困难症患者真叫考验。但是，又恰是因为经过了这一道，我对这本书的主题想得更明确。诚实地说，我后来是用书名里“城”这个概念，去掉了一些和它意旨相去有距离的篇目。如此，这本书也成为另一种意味的“读城”，并且由城至人，再回返自身。

前一本“文艺地图”书，副标题是“二十五位作家的文艺地图”，但新的这本需要说明的是，作者并非都是作家。有唱作人（比如写《一城风月向来人》的匡笑余，就是中国南方小有名气的“秘密后院”乐队主唱），有翻译家（刘文飞先生从事俄罗斯文学翻译，金龙格先生从事法国文学翻译），还有不同领域的学者（王道所做的合肥张氏家族研究著述颇丰；那篇别致的《客舟甬上望海曙》的文章作者徐建成，当时是出自赵柏田老师的推荐，为宁波当地的文博人员）。

当然，笔力丰厚的作家仍然是作者中的主体，其中一些还与前一本书的作者有所重合。新旧互掺，我喜欢这样的配搭——因为能长期合作的作者，其实是版面品质稳定的保证，和他们约稿我甚至都不用多说，只一句“写一个吧”，一切即成。老酒醉人，也是因为这多年合作的熟悉与默契。而新作者冒出，又让我有新大陆被发现般的欣喜——写《从龙门巷到九如巷》的王道，其实在版上已经为我写了不同内容的张氏家族文章，正是因他，让我这“张迷”（迷充和女士而非另一个），对与这一家族连在一起的近代史，有了更深的了解。

与那些旅行杂志约旅行家写文章不同，我更希望我的作者是对特定领域有深研的人。因为我深信，世界上的一切，既有对应，又暗存密码。一个人心底累积的东西愈多，外在世界能激活的亦愈多，“文艺地图”有时看似是对旅行的言说，其实这相遇已经是内在的印证，是另一种久别重逢。

“一切诚念终可相遇”，再没有比陈丹燕老师的话更能概括“文艺地图”的书写本质。

好话不赘，请读正文。

孙小宁写于 2016 年 8 月 18 日

一

一城风月向来人

平昌夜访汤显祖先生

赵柏田

甲午年中元节前两日，我过遂昌（古称“平昌”），宿汤公大酒店。是夜，月上东岗，虫声唧唧，遂披衣起行，赴县城北街四弄的汤显祖纪念馆。馆在街衢巷陌间，沿着窄窄的巷子口进去，路灯昏黄，人声鼎沸，这个不足五万人的浙西山城，夜色中似乎比白日里更显繁华。一瞬间我有一种走进《金瓶梅》世界中去的恍惚，也是这般的灯如昼，人如潮，软侬小语嘈嘈切切。

那小说写的是万历后尘俗世界的冷酷与妖艳，是一册悲悯之书，我今夜来访的主人，世所共称的情教教主，也生活在万历这样一个奢靡灿烂的年代，却鲜有人知悉他的“临川四梦”，也是参透了世道人心的虚无之书。

馆门就开在小青砖铺就的小巷中段。青瓦，白墙，漆色剥蚀的板壁，粗粗看去，不过山城一寻常民居。迈入大门，长相酷似戏中女子的馆长谢文君女士含笑侍立一侧。在她细步引领下，进得前院，外面街市的喧嚣顿时消歇，灯下四处打量，竟是一座保存完好的明代宅院。崔巍的马头高墙，梁柱上刻工精细的木雕，再兼回廊曲折，甬道寂寂，月洞门外三角梅、山茶和鸡冠花开得正艳，此中情致，正有如《牡丹亭》中“游园”一出所唱：“袅晴丝吹来闲庭院，摇漾春如线。”我素知汤显祖在遂昌五年，所居衙署不在此地，他辞官后短暂居住的妙智禅堂，亦应在城内济川桥头，但这一刻，我也相信了，汤显祖的魂，就栖居在这个经营有年的纪念馆里，他的气息，已然遍布这一座明代的老宅院。

拜谒过“平昌遗爱”匾下的汤夫子像，再看了馆中陈列的《牡丹亭》历代抄本，身边已无一人，遂信步走入后院。灯光尽头，蔓草丛中，传来水声淙淙，目光再越过水池，树影掩映下竟是一座宽可盈丈的戏台。台上有匾，草书“姹紫嫣红”，台前两柱，写的分明是《牡丹亭》中的句子：“良辰美景奈何天，赏心乐事谁家院”。此刻，照着后院的月亮突地明亮了几分，周遭静到极处，而草丛中的虫鸣却越发地洪亮起来，竟至有了丝竹的婉转。

此时院中，唯一月、一树、一戏台，再加一台上踯躅的人，都云作者痴，谁想还有更为痴绝者。此时我的心情，有如张岱驾一小舟在湖心亭看雪，把长堤看作水墨一痕。虫声鸣复歇，歇复鸣，良久，后台似有脚步声，正要去探个究竟，一老者从门框的阴影处转出，看他眉眼细长，颏下短须，戴一四方平定巾，瘦削的身量罩着一件斜襟灰色袍服，不是汤义仍先生是谁？

知道我从宁波来，义仍先生呵呵笑了。“这么说来，东海之滨赤水之珠屠长卿是你同乡？”他说与屠隆相识于北京，但相处时间不长，他不久就去南京任职了。

他虽不喜欢屠隆为人放浪无忌，但还是很感激刚到这个小县任职时，屠隆赶了大老远的路来看他。

“都说屠隆的《昙花梦》取材于他与京城西宁侯夫人的一段情史，是他晚年的忏悔曲，先生您的《牡丹亭》又是在忏悔什么？”

听闻此言，他细长的一双眉眼突然睁亮了。“我忏悔什么！我又不是屠长卿，没那么多花花绿绿的往事。世人都以为《牡丹亭》的主题是爱情，小子，我告诉你一个秘密，这出传奇的主题实际上是时间，那穿透我们、让人一命呜呼的时间！我年轻时的《紫钗记》，的确是写爱情的，让男女主角在爱的狂喜中忘记了时间，而《牡丹亭》，是我向时间发起的一次挑战。我刚来这座小城时，这里连一座像样的钟楼都没有，百姓都不知时间为何物，真是宁静得如太初混元一般，在这里做官，终日与白云、青萝、石泉为伍，有时连麋鹿都会大摇大摆闯进衙署来，我笑称自己是个仙令，实际上这日子与居住在岩穴里的山鬼何异？静生鬼，岩穴之地必有哲学，我说的这鬼，就是我对时间流逝的恐惧。在平昌的五年里，我从来没有放弃过离开此地的努力，但我也担心，要是我调动不成，就在此地让时间把我蚀成一堆朽骨吗？我以前的老师罗汝芳先生乃是阳明先生的再传弟子，他对心学的一大发明就是引入了‘生’的概念，发展出了自己的生命哲学，正是在罗先生的启悟下，我突然明白，情，这个生命里最基本的要件，乃是我们抵抗遗忘、抵抗时间的最好手段。情可以战胜空间，同样可以战胜时间。爱，就是那种可以让时间逆转、可以穿越生死两界的东西。那些害怕死亡的人，为什么不去尝尝爱情这杯浓烈而销魂的酒？于是我虚构了杜丽娘、柳梦梅，虚构了这一个为了爱起死还魂的故事。原来姹紫嫣红开遍，都这般付与断井残垣。你发现了吗，这句子唱的正是时间对众生的摧残。”

“先生很喜欢花吗？都说喜欢花的男子感性，您为那个痴情女子杜丽娘找的还魂地点牡丹亭，真是点睛之笔啊！”

“没你说的那么神吧。我要讲的是一个穿越阴阳两界的故事，场景就不能那么凄凄惨惨，要不然就把观众吓跑了。牡丹，我喜欢这国色之花，重瓣、肉欲、感性，天机奔放，以之命名这个花园里的亭子，我觉得很对得起那个穿越死亡地府、不惜以情爱和生命去与命运抗争的女子。”

说到这里，义仍先生咳了几声。我知道他早年寒夜苦读落下的肺病，一直没治好。每到春夏季节，南方潮湿的空气和飞扬的花粉总是让他咳个没完。“偶然病肺怯春风，避酒嫌歌百兴空。”唉，谁能想得到呢，在戏中把情色渲染得天地动容的他，现实生活中却是个远离感官享乐的苦行僧。

“啊，爱情，多么伟大的爱情，它可以穿越生死，回阴转阳，所以有了杜丽娘与柳梦梅，有了罗密欧与朱丽叶……”

“够了！”义仍先生不客气地打断我，“你们称颂不已的爱情，不过是镜花水月，它就像草尖上的露珠、大风中的麻雀，现实世界中根本不存在。你难道没有看到吗？丽娘在地底下睡了三年，一旦还阳回到人间，她马上就像换了个人一样，在明媒正娶之前，再也不让柳生碰她身子了，新婚之夜享受了销魂的肉欲之爱后还这样对柳生说：柳郎，今日方知有人间之乐也。真是笑话！难道她先前没与柳生享受过性爱的乐趣吗？难道她先前所有的情感付出都是虚假的吗？每个时代都一样，鬼可纵情，人须守礼；鬼可虚情，人须实礼。所以，爱情不过是梦境中才有的东西，丽娘也只有在花园中做梦或死后化作游魂时，才会那么大胆地去追求爱情，一旦她梦醒回到人间，时间便又把她收回了，她再也不是那个大胆火辣的女子了。”

“这么说，先生一直在梦中未醒？”

“自小我就被各种各样的梦包围着，幼年时在临川香楠峰下的祖屋，后来在北京、南京、广东，我都被梦追逐着，也在追赶各种各样灵异的梦境。我记得一个经常做的梦里，我被缩小成了只有一尺高的小人儿，在一个破屋子里四处摸索门户，想跑到外面去，外面月光细碎黯淡，我就是找不到一扇出去的门。我是多么渴望挣脱这个让人透不过气来的世界啊。开始我找到了爱情，以为爱情能打败时间，可是如同我告诉你的，那个寄托着我的灵魂的丽娘，后来也被时间俘虏了。梦了为觉，情了为佛，山河大地本是尘土，这浩渺的时空里，什么都是幻影，什么都须放下，就好比你昨天爱李娇娘，今天爱黄美娘，可是这样的爱与一只蚂蚁的爱有什么区别？”

我叫了起来：“这样说不对，我的爱是真心的，我的付出是真诚的……”

“你道你的情是真，不知此刻的你是梦还是醒？你未醒，无情而之有情也；你已醒，有情而之无情也。爱情在你们的时代，不过是力比多的通道，合法性交的外衣，又比蚁类高尚到哪里去呢？当然，人的国度本来就如同蚁类的世界，我也没必要轻视一只蚂蚁的感情。”

我无法接受他对我爱情的嘲笑。看他渐向台角移步，像是不屑再与我谈论下去，我喊了起来：“可是，多少人奉你的《牡丹亭》为爱情宝典啊，一些女读者都读得伤心而死了呢！”

“四百年来，这正是我负疚于读者的，爱情是有毒的，而阅读是危险的，可惜我在这四出传奇中都未及明说。”他停住了隐入黑暗中去的脚步，“我看你身上，倒是很有贵同乡屠长卿风流放诞之风啊，可是我提醒你，年轻人，屠长卿是得情寄之疡死去的，你也要当心啊。”

“我都到了你当年写《牡丹亭》的年龄了，想做坏事也没本钱啦。”

看我气咻咻的模样，黑暗中他轻笑一声。“前些年，有个姓白的同志来馆里，坐在暗屋子里老半天，装给谁看呢，就冲着他身前身后那些拍照的，我也不会附体到他身上，可是，年轻人，我倒觉得与你颇为投缘呢，你的愤怒也与我年轻时的愤怒一样。”

我问何时能够再与他相见，继续今夕未完的谈话。他说，思想交流不拘形相，明日，出城二十里，有一个叫石练镇的地方，两棵千年古樟树下，会有十个古稀男女操十种乐器演奏昆曲十番，那本工尺谱《牡丹亭》上所载曲谱，就是他亲自传授的……

兀地，前院一阵喧哗，是晓敏、大象两君从松阳踏月携酒而来，找我和诗人马叙聚谈国是。我一分神，眼前老者已倏地不见，就像一滴墨溶入无边夜色。戏台一侧树枝轻轻晃动，就好像被他的衣袂划破空气所惊动。回望门楣，长廊尽头的灯光赫然照着四字：妙笔勾魂。

去看辋川

何大草

一

去看辋川，最好是秋天、雨天。两样我们都凑齐了，秋是选择，雨是天意。

我和两个朋友把老捷达开出成都北边百十里，密雨就追逐而至，此后的一个星期，每天、每小时都在落雨，刮雨刷比车轮子还累。这是九月的下旬，路上车辆稀少，山丘漠漠，散落的村舍，在雨中恍如潦草的速写。

我知道辋川，是读了王维的诗歌。“文革”中，我念小学，正是书荒年月，时而有些禁书以半地下的方式流传，我有天拿到本反特小说，特务的接头暗号是一句诗：“空山不见人。”我吓了一跳，仿佛白日见鬼，莫名的恐怖。再大两三岁，多读了几本书，才晓得这是王维的名句，据说，是有禅趣的。而他写诗的地方，就在辋川。辋川，位于陕西省蓝田县西南的终南山谷地。也就是出蓝田猿人的那个蓝田。那时候家里有一套范文澜的《中国通史简编》，写得好读，我时常读了又读。书中说到王维，大意是他学陶渊明，可是又学不像，陶渊明是真的做了贫民，而王维始终是个地主。是啊，地主，他住的屋子，不就叫辋川别墅嘛。

王维是盛唐诗人，生卒年几乎和李白完全重叠，他活了60年，至今留存的诗歌约400首，其中写在辋川名下的，有几十首，这是他一生的精品。辋川因王维而著名，若没有辋川，王维的名可能已经湮灭了。

我起念去辋川看看，已经很多年了。

次日再从汉中冒雨出发，车子钻出秦岭的150多条隧道，从户县涝峪口下高速。雨水歇了半小时，正好找户农家乐吃一顿晚午饭。农家院子偌大，中央一排大桌，过了正午，客人寥寥。周边植满柿子树，林边立块大牌，上书：“厕所东拐七十步。”懵懂半天，也没明白这路到底该咋走。南方人说前后左右，北方人说东西南北，的确是到北方了。这儿背靠终南山，面向关中平原，天色阴郁，空气湿湿的，却很清新。树上结满了柿子，有的青黄，有的带些透亮的橘红，还有熟过了头，没来由就掉了下来，砸在地上啪啪地响，声音切实、饱满，似乎在应和着王维的诗句：雨中山果落，灯下草虫鸣。

一群女工围在一角叽叽喳喳。问：柿子卖不卖？答：不卖，随便摘。我吃了一个，甜腻清凉。但柿子性寒，不敢多吃，剩下的一个就放桌上插了蚊香，以驱草虫。这有点煞风景，却很是实用。

上的菜中，有一盘豆腐，切一寸见方，绿绿的，保持着青豆的原初之色。蘸了辣酱吃，比南方的豆腐略有嚼劲。但味道一般，家常味。王维写过豆，不是青豆，是红豆，用来相思的，诗名就叫《相思》。这并非他的佳作，有点文青小调调，却像上口的流行歌，流传很广。诗中第二句“春来发几枝”，别的版本却是“秋来发几枝”。春、秋且不论，王维写它时，早过了青春，抵近人生的深秋了。他30岁丧妻，此后一生参禅学佛，不近女色，却借红豆歌吟了相思。相思则多情。也许，这“相思”并非儿女情；也可见，人的确很复杂。东晋有位高僧，叫法显，到印度求法，千里之外，看见中原的扇子就流泪思念故土，卧病在床就想吃一口家乡的饭菜。有人叹法显示弱于外邦，有人则赞法显深情而可亲。这个故事，传到了日本，被吉田兼好写进了《徒然草》。王维想必也是知道的。

二

蓝田距西安约50公里。终南山下有条环山大道，如一根衣带，把户县、蓝田都扣了上去。我们吃好了，抹抹嘴，向蓝田而去。雨接着落下来，终南山一直伫立在右手边，雨中的山影是青灰色的，浅而不透。有些云朵停在峪口上，慢慢移动，颇有些心意踌躇、徘徊流连的味道。

我想起前些年，有个美国人来终南山寻访隐士，写了一本书，拍了张光碟，搞出些动静。书、碟我都看了，那些隐士隐居在山高林密、人迹罕至处，半像高人、半像乞丐，也不知是怎么活过来的。总之，是修行，苦修，只等到电光火石一闪，就得道了。不过我以为的隐士，不是隐秘、躲藏，也没有神叨叨的秘籍要苦修，他们就活在人间烟火气浓浓的地方。陶渊明做了隐士，只在人境结庐，要饮酒，是与村邻共享。锅里没米，就去村邻家乞食。王维隐居，周遭离不开的还是牛羊、牧童、野老、荷锄的农夫，田埂上碰头，相见语依依。要他们躲进深山，粗衣恶食，面壁发呆？开玩笑。隐居是清静而闲逸的享受。陶渊明写过《桃花源记》，王维爱之不够，又把它重写了一遍，成了自己的《桃源行》。桃源是他们虚构的隐居天堂，然而，缺不了的还是良田、阡陌、村庄、杀鸡喝酒……隐于此，是为了好活，也为了好死。人的大关隘，就是了生死嘛。

陶渊明住草屋，有房七八间，后院种满榆柳，前堂桃李芬芳，活得还是比较滋润的。王维就更好一些了，住辋川别墅。他是地主，但非土豪，不过，别墅的最低标准，至少是体面和舒适。

车进蓝田，已在傍晚。寻了旅馆就去找饭吃。街灯、霓虹灯亮起来，小县城一下有了都市感。纷飞的雨点里，街上人来人往，馆子里川菜、湘菜、粤菜一应俱全，让秋意萧瑟中的旅行者感觉到了热腾腾。盛唐的时候，蓝田就是享有盛名的，山上有蓝关，韩愈被贬粤东潮州，路过这儿，时值寒冬，所谓“雪拥蓝关马不前”，人困马乏，都不想走了。而小城暖融融，炕火正旺，酒正烫，谁不想留下呢？可他还得走。走到让他侄孙替他收骨的那一天。韩愈是颇有骨气的，虽然这骨气里不免也有颓丧和彷徨。相比而言，王维就比较避世了。没见到韩愈有隐居的记载，而王维是逆来顺受，遇难即退，一退就退入终南山，所谓“君言不得意，归卧南山陲”，是赠朋友，也是写自己。从长安到粤东，万里路途，去出差、旅行是可以的，若是放逐？还是免了吧。韩愈和王维，如果有一比，或许可以比作鲁迅和周作人，前者彷徨中也不懈呐喊，后者彷徨，却只在苦雨斋中徘徊。王维的苦雨斋，就是蓝田辋川谷中的别墅。

辋川别墅的周围，是巍巍高山。山上盛产玉石，李商隐就写过“蓝田日暖玉生烟”。我们吃了晚饭，在街上走走，到处见着卖玉的店铺。我理解的玉，是小巧、滑润，还有暖意，所谓触手生温，是用来把玩的，譬如贾宝玉衔玉而生，人也如玉，所以女人都想摸摸他，就连晴雯粗皮糙肉的嫂子也恨不得咬他一口肉。蓝田的玉却不是这样的，不很精细，但体量大，雕成观音、佛祖、美女、财神……有的供在铺里，有的就伫立店外，高的，比人还高，让你摸你也不敢，只能肃然起敬。倘若说，和田玉的精美适宜做名贵的扇坠，盈盈一握，蓝田玉的魁梧则足以垒起终南山，气象万千。

蓝田县城距辋川已近在咫尺。在雨声中入睡时，我还在想象，王维的别墅就是一枚扇坠，而整个终南山做了它的扇面，江山胜景就在扇面上徐徐展开。王维画过《江山雪霁图》，但传到今天的，都是赝品或仿作。其他真迹，也一幅见不到了。然而，见不到，也还希望没有成灰化泥，而是静搁在某一个高阁……这不至于绝望的心情，也就像他眼里的山色——“山色有无中”。

三

辋川首先是一条小河，随后才是一座小镇。我们驱动老捷达，逆河而上。两岸是陡峭山壁。雨水已落了半个月，这会儿还在飘。河水混浊，有力，水声在谷中低沉地咆哮。据当地老人说，唐代这儿是没路的，王维从长安去辋川，陆路只能到蓝田，之后就得坐船了。船行十几里，抵达小码头，徒步回别墅。我没读到相关的记载，但想这是可能的。我曾在巫山搭船逆大宁河而上，去过上游的小场镇。河流是阻隔，也是唯一的通道，那是1992年，何况是唐代。

不过，王维有一首诗，说到朋友们来辋川看望他，片刻欢愉，倏忽就如雨散，客人“登车上马”，只留下空落落的别墅，和他一个孤单单的人。那时，他年届半百，正在山谷中为亡母守丧。诗写得很美，也充满了怅怅之意。当村庄复归寂静，他独个儿坐在别墅中抽咽，思念着车马上远去的朋友。由此，也许能确信，水路、陆路都通辋川……而辋川则通向幽独。

王维几岁时父亲没了，30岁妻子没了，50岁母亲没了，仿佛一棵落叶的秋树，只剩下一片叶子还挂在枝上。那，他为什么还要自闭于幽独呢？

老捷达终于开进了辋川镇。这儿未如我料想的，已打造成俗艳的景点，就像中国几乎所有的名人故里。它看上去当然已不古老，但还保持着原色的旧，略似20世纪八九十年代的风貌，灰扑扑的临街老屋，多为砖石的两层小楼，门前小花台，也有停一辆小车的。屋顶伸出笔直的天线，或搁着一口小锅盖，连接着山外的五洲四海。这天是星期六，又落雨，街上人少，静静的，人们多半窝在家里喝热茶、擀凉皮、看电视。平凡的日子，所有周末中的一个周末。他们的祖上，该是王维的邻居了，那时就有的静，能保持到今天，就称得上是一种古风了。

但在这古风中，我们还找不到王维的遗踪、遗迹。也没有戴斗笠、斜靠柴门的老翁，在眯眼念叨着在山上放羊的牧童……这是一幅已被翻过去的画。画没有了，化为牧歌，还能听到一点微弱的旋律。

我们没停车。老捷达拐入一条更窄点的路，弯弯曲曲，继续沿水而行。后来，水和路分离了，车依然走在谷中，却看不见了河流。山势缓了些，茂盛的植被从谷底向上延伸，四面八方绿气氤氲……绿气中现出一排排红砖房，高大而破败，有门有窗，但没有人，有的窗玻璃已被砸坏，是一家废弃的工厂。我们已经行到路穷处。

紧闭的两扇车间大门外，站着一棵巍巍银杏树。它足有七八层楼房高，树身得四五人合抱。在飘飞的雨点中，高拔、枝繁叶茂，却又颔首低头，若有忧伤。树边一块碑石，写明这是王维手植的。树身钉了西安市政府2011年9月颁发的标牌，注明“一级保护古树”，编号：610122101001。

这是王维留下的唯一遗迹了。

银杏脚下，还停着一辆稍前到达的面包车，挂邻省牌照。冷飕飕的秋雨中，再无别的来客了。

回头望去，约两里外，一条公路大桥横跨山谷，不停有车在桥上飞驰。这快，衬得这片干巴红砖的废弃之地更慢了。慢慢融入死寂。还好，有这一棵苍绿的巨银杏。

据专家考订，王维住入辋川别墅，最晚在天宝三载，即公元744年，那年他43岁。此后，他又活了17年。即便这棵银杏植于他病故的前夕，那它也已存活1254年了。它还在生长。

四

1966年7月4日，“文革”爆发还不到两个月，作家沈从文即预感到乱世已至，他从北京给远在家乡的大哥写信：“我们或许有一天会两手空着回到家乡的……社会变化大，变化大，我等已完全成为过时沉渣、浮沤，十分轻微渺小之至，小不谨慎，即成粉碎。设能在家乡过三几年安定晚境，有个三间容膝安身之地，有一二亲人在身边，已是十分幸福。”他早年挣扎着出家乡，宁死也要死到外边去。老了，避乱世，首先想到的，却是回到乡土中。

陶渊明之归隐田园，除了要从误入的樊笼复返自然，还有更重要的原因——避乱世。

王维却恰好相反。他一生的大多数岁月，都是在开元、天宝的盛世中度过。然而，伴随这盛世的，是他的几隐几出、半隐半显，似乎是在避盛世。

公元701年，王维生于山西蒲州。同年，李白出生，确切的出生地，至今是个谜。

王维离开故土去京城，期望有一番发展，实龄才14岁。20岁，他即进士擢第，开始做官，虽然官小职轻，但不能说仕途坎坷。至于是不是顺遂，却也难说，他达到的最高官阶是尚书右丞，正四品下，世称王右丞，不算小，也不算大，做了约莫一年就死了。比起读书人以做宰相为抱负，譬如陈平，贫贱时在乡下宰肉，就想着来日要宰天下，做右丞实在不足道。不过，较之进士落榜、黯然还乡的孟浩然，世称工部员外郎的杜甫，也很不错了。他思进，但也能知难而退；意愿是向上走，但下坠时还能稳住神。他的诗中，有喜乐，却没有狂喜；有忧伤，但没有悲愤。他曾献诗给丞相张九龄，请求汲引。平心而论，这诗写得还大方，不比杜甫写过的应酬、献媚诗肉麻。他愿意做官，做官的时候，每次送别荷杖云游的朋友，却又真心充满羡慕。他写《桃源行》时才 19 岁，洋溢着平静的愉悦，不强说愁也不强说隐。他歌吟喝美酒、骑骏马的少年游侠，仅仅以旁观者的姿态，就像手无缚鸡之力的博尔赫斯，老爱写赌棍、流氓、杀手，是浪漫想象，当不得真。他经历了安史之乱，有过沦陷、耻辱、生死一念的痛苦记忆，可他对这场动乱写得很少。这很像画家马蒂斯，经历了两次世界大战，却从未把战争画入自己的画中。马蒂斯向往的艺术，始终是平衡、宁静、纯粹的化身。相反的例子是杜甫，他笔下的安史之乱，充满噩梦般的现实，也是占据他后半生的梦魇。

唐代的大诗人，王维与李白、杜甫鼎足而三，他的个人色彩最不强烈，却又最为鲜明。他自小随母亲信佛。佛教是教人出世的，王维能透过色相看到空。后人称他诗禅，或者诗佛，称李白“诗仙”、杜甫“诗圣”。

李白学道，但他的所为实在跟不争、无为相去甚远。炼丹、成仙，也没有那个耐心。他出蜀的自画像是：“仰天大笑出门去，我辈岂是蓬蒿人。”他是诗的天才，但志在做宰相，乱世汹汹时，意愿就是做谢安，谈笑之间一战而败投鞭断流的苻坚。后来，两样没有做成，追随造反的永王李璘，错上贼船，成了朝廷的罪人。

杜甫则是忧戚而辛苦的。他自然也想做宰相，而且志向比李白还要高，不是让乱世回复到盛唐，而是要致君尧舜上，再使风俗淳。他自然没有遇名主，遇到了也没这个才能。他后半生颠沛流离，终于在富庶、平静的成都过了几年好日子，团圆而和睦。然而，成都留不住他。他还是想走，他心心念念之地，是君王所居的长安。诗圣，自然是儒，脑子浸透的，是君君臣臣，是治国、平天下。他到了夔州，又困住了，一困又是几年。他变得苍老，但心不变，每当夜晚有星星，就想象自己依偎着北斗，苦恋着京华。这个意思，写在《秋兴八首》中。《秋兴八首》是杜甫诗艺的巅峰，这也再次印证了，诗人不幸诗歌幸。这时，距他最终客死在一条孤舟上，只剩不到三年的时间。

王维则一生呵护自己的内心：它敏感、脆弱，就像无比精雅而又袒露本色的陶器，稍一不慎，就落地上摔碎了。杜甫的心怀更大些，敏感、多愁，既忠君，也心系苍生：他在秋风中仓皇呼喊着邻村顽童，又忧虑着天下文人挨冻受饿。李白是大天才，当然更敏感，但也更坚硬，宛如黄钟、大鼎，落下去，不会碎，只会在地上砸一个坑，也可能砸了自己的脚背。

乾元元年，即公元 758 年，被免罪而重返政坛的王维，时常在朝中与贾至、严武、岑参、杜甫唱和，写下过一组不朽的“早朝大明宫”，为盛唐的尾巴添了几笔富丽华贵之色。与此同时，李白正拖着老迈病躯，赶赴遥远、穷苦的流放地夜郎……夜郎，由于那个人人所知的典故，这事看上去就像一个笑话。

五

王维手植银杏的旁边，矗立着一座无线电发射架，造型略似小一号的埃菲尔铁塔，锈迹斑驳，已然废弃了。它插入秋雨中的身影，是瘦削的、孤单的、冷峭的。然而，铁架的中部，却托举着一只很大的、圆形的鸟巢。因了这鸟巢，铁锈的架子添了融融的暖意。巢中有一窝雏鸟，大鸟飞出去，衔着草虫飞回来。

鸟兽哺乳的场面，王维在山谷中散步时，一定是见过的，感喟过的。他对母亲，感情很深。母亲逝后，葬在辋川。他自己逝后，就葬在母亲身旁。母子二人，都没有选择埋骨故乡。辋川，是让他们心安之处，而心安即福地。了了生死，看空了色相，也就看空了虚名，“故乡”也不过是一虚名罢了。

今天，墓地已渺不可寻。倘有人指着一堆土说：“喏，就是那儿！”那一定是假的。还没有读到过有关王维儿孙后人的记载，他可能没有后人。对死的态度，王维没有直接去说。他心仪陶渊明。王、陶均未享高寿，一个活了60岁，一个活了62岁，都没有活够。陶渊明对死的态度，却是坦然的。他生了一堆不成器的儿子，这有《责子》诗可以作证。死了，他在自拟的挽歌辞中，说到了遗恨，却只是生前“饮酒不得足”。自嘲吧？有一点儿，但也是淡淡的。

淡，也是王维的特点。淡之于他，是一种不彻底。一生奉佛，却没有出家为僧。一生在官场打转，却没有学会弄权、高升。一生都在避世，却屡隐而又屡出。平和，伴随优柔寡断；优雅，化为忧伤缠绵。偶尔猛志刀子般一闪，终于复归于淡漠与旁观。这种不彻底，造成人生的纠结，然而行之于笔墨，却正是我对王维的着迷处。在这不彻底中，我看见自己，看见古往今来的一类人：对自己有所不满，但无所苛求；有点孤芳自赏，却也不顾影自怜……或许，都有一点儿吧，不过，一切都已淡化了。

王维有个好友叫裴迪，两人曾在终南山中同住、同游，诗相唱和，近似今之所谓“基友”。这且不去说了，总之，是知交。某个春日，他俩去拜访一位吕姓的隐士。

吕先生同时是位高人，王、裴对他非常敬慕。然而，吕先生隐居的地方，却不在山野，就在长安城内的新昌里。距离帝王的宫殿，也不算很远。王维在后来为这次拜访而写的诗中，把吕先生的住地，雅称为“桃源”，而且，在他眼里，“桃源一向绝风尘”。虽然，它就在滚滚红尘的包裹中。

不过，吕先生出门去了。可能是去城外遛个弯儿，也可能是去邻街的酒楼喝杯酒。总之，拜访，但是不遇。王维站在紧闭的门外，望着院墙内的松树，发出轻微的赞叹：“闭户著书多岁月，种松皆作老龙鳞。”虽然轻微，这赞叹却是由衷的，吕先生完整的隐逸生活，代表了王维部分的人生理想。因为只是部分，所以他做不到。他携着裴迪回去了，留下一首怅然而清淡的名诗，把敬慕留在了诗中，从而留给了我们。

我写这篇文章时，桌上就堆着王维的集子。从无意间读到他的第一句诗，迄今已有三四十年了。也就是说，我已经读了他三四十年。可他的面目，依然不够清晰，似乎总是隔着雾雨，看见一个背影，背对时代、读者，也背对故乡。

吊诡的事情，不大不小，就在这棵巍巍银杏树下发生了。那面包车上下来的一群人，绕树踱步后，与我们交谈了起来。废墟间的空地，这么狭窄，双方注定要面对面，笑问客从何处来。他们恰好就来自王维的祖籍——山西祁县，文化界的领导、名士，专程从黄河的东边赶到辋川，寻访王维最后的遗踪。听说我是个作家，也喜欢王维，他们热情邀请我合作为王维写本书。

我婉谢了。我是有个模糊的念头，但我还需要再看看王维，等等他，用许多的耐心，看到他转过身来。

驾着老捷达穿出辋川谷地，我们没有原路折回。向东北，又开了半天的车，冒雨在天黑前抵达了潼关旧地。

黄河、渭河在这儿交汇，水势很大，多日的降雨让河水拥挤不堪。我撑伞站在河边，风吹透衣服，九月有如入冬。望黄河对岸的山西，浊水滔滔，啥也看不见。再想想辋川，好像已相距千里了。自然，也想了想王维，脑子空空，想起的只是他的一句诗：空山不见人。

梁思成、林徽因的昆明客厅

汤世杰

历经劫波，穿越红尘，在昆明北郊龙头村，当我终能面对梁思成、林徽因的那幢故居时，离它的建成，已风风雨雨过去了 70 余年，老屋早已一派沧桑。屋子所在的昆明北郊龙头村桂家花园，已被四周怪异丑陋的碉楼式楼房包围，且还在步步进逼 —— 如今那个桂家花园，已然有园而无花。四周的短墙说新不新说旧不旧，倒苍老到固执，对 70 年前的那幢房屋，像是“保护”，也像围困。梁林故居仿佛无奈地蜷缩在那段短墙后面，一如一位靠着墙根晒太阳的耄耋老人，正静静地回想当年的静雅，喘息声却悄然在耳——尴尬似乎不仅在那幢房屋，也是我们这个年代。

但我不在意。头一次，是跟着专事研究抗战期间昆明文化的余斌先生一起去的。余先生曾去那里做过多次考察，后来出版的《西南联大·昆明记忆》一书三册，其时正在写作中。而我，没有那样的功底和笃定，挂牵的，唯梁思成、林徽因夫妇的那个客厅——事先做了点功课，嘤嘤嗡嗡吵了几十年的那个“太太的客厅”，好像至今也就在昆明龙头村那幢梁林夫妇旧居里，还依稀可见。

倒是旧居那飞檐翘角的屋顶，仍执意地诠释着梁思成这位虽然受的是西方建筑教育，却又终身守护着中国民族建筑风格的大师的建筑理想，把我的目光和思绪，引向高原的蓝天白云，引向某个精神的高处，顿时让人想起他著作里那些精美的建筑绘画，想起 20 世纪 50 年代初北京各种新建筑的大屋顶，尽管最终那都成了梁思成的罪过。院子里有棵不大的树，我一时叫不出树名，也不知是不是当年林徽因坐在下面读书的那一棵？来时村外河堤上成排的林木，倒依然如林徽因描述的那般，用它们的枝条，擦拭着昆明的天空。

一切都仿佛当年，天依然蓝，风依然暖，但一切又早已不是当年。

一、那幢土坯农舍，那间“太太的客厅”

不知别人怎样，那幢老屋让我最爱最怀想的，是那间客厅。置身那间客厅，我想起的，不是梁林夫妇在中国建筑史上留下的诸多佳话，也不是他们曾经参与联合国大厦设计的辉煌，投身新中国国徽、人民英雄纪念碑浮雕设计的荣耀，甚至也不是林徽因优美的诗文，而是两个普通中国知识分子的血性与坚韧，是那间客厅里曾经的人来人往，聚会与离散，欢乐与悲伤。

那是幢怎样的屋子呢？1939 年年中开工，1940 年春建成，住房坐西朝东，附属房坐东朝西，中间隔着一条通道，如此便自然地形成了一个小小的庭院。整个建筑，既与当地乡村相融合，又特立独行，透出一派清雅、明净与大方。土坯墙、瓦顶、木地板、花格窗，一共是八间房。

林徽因自然说起过那幢屋子，“邻近一条长堤，堤上长满如古画中的那种高大笔直的松树”；“我们正在一个新建的农舍里安下家来。它位于昆明东北八公里处的一个小村边上。风景优美而没有军事目标……出人意料地，这所房子花了比原先告诉我们的高三倍的价钱，所以把我们原来就不多的积蓄都耗尽了，使思成处在一种可笑的窘迫之中……以至最后不得不为争取每一块木板、每一块砖，乃至每一根钉子而奋斗……”在写给她的美国朋友费慰梅的信中，她自嘲那幢“农舍其实是简陋不堪的”。而费慰梅却感叹道：“令人吃惊的是，这正是这两位建筑师唯一为他们自己盖的住宅。”就是那几间朴素的瓦舍，容纳了流离失所的梁林夫妇，为他们在炮火中的西南之行，带来了短暂的安宁。

但，林徽因好像从没说起过那个客厅。

除了附属房，那幢仅 80 平方米的正屋，倒有一间颇大的砌有西式壁炉的客厅。壁炉口呈马蹄形，以青砖垒砌，给这幢土坯房增添了一点西洋气息——不仅当时，放在如今，也属罕见。客厅的窗子，几乎有卧室窗子的四倍之大，滇地阳光浓艳，自然光和着窗外的山色云影，皆能通畅地抵达——当然，那客厅，也连着经由客厅的一道小门可以进去的金岳霖的住房，尽管牵连的是另一种情怀，我却从没想过要走进去看看。不知为什么，每次进入那间客厅，我心心念念想到的，是身体一直都不大好的梁林夫妇，有的却是一个堪与天地相较的宽阔心胸。而他们与朋友们侃侃而谈的音容笑貌，似乎仍然浮现在眼前。

那当然是幻象。其实，见过龙头村那座旧居者，各有各说。搞建筑研究的人说，那幢土坯农舍，对于一个既对建立中国建筑的古典主义传统有着终身追求，又对中国古代建筑毫不顾及永久性持批判态度的建筑史学家梁思成来说，具有一种"强烈的讽刺性和悲剧性"。

我既没那样严谨到苛刻的理性，也没有丰盈得葳蕤的浪漫，有的只是一种突然涌上心头的感动，亦浓亦淡，亦禅亦俗。那是国难当头的严酷年代，而作为建筑设计师的梁林夫妇，何尝不想为自己盖一座好些的房子？或许，一个壁炉，无非两位建筑学家对那样一座乡土建筑所作的补充、所消除的某些遗憾，却难以掩盖建那幢房子时的匆忙与简陋。世事也恰如他们当时的窘迫：建那幢房子前后，林徽因虽为云南大学设计过映秋院，梁思成却只能按西南联大校长梅贻琦之嘱，设计建盖茅草屋顶的校舍。问题在于，到底是为了什么，他们会决意耗尽自己的所有积蓄，盖那样一个院子，还特意设计了一个“巨大”客厅？

二、梁思成夫妇与空军航空兵学员

资料记载，1937 年夏天，梁思成、林徽因夫妇带领同事和学生正在山西五台山地区考察古建筑，北平卢沟桥七七事变爆发。也就是在那次考察中，他们发现了作为建筑标本的大佛光寺，结束了中国没有建筑遗存的尴尬。听闻北平失陷，梁思成、林徽因夫妇连夜赶回北平，前脚迈进西直门，后脚日军司令部的帖子已摆上案头。一帖“大东亚共荣协会”送来的请柬，邀梁思成出席一个宴会。去，即表示愿意跟日本人合作；不去，就可能被特务盯上，遭遇不测。梁思成当即决定离家出走。离开北平时，全家人只拿了三个铺盖卷，两三个手提箱，而扔掉了整个家。为了不愿见到日本侵略军的旗子插上北平城，梁思成、林徽因领着她的母亲、九岁的女儿梁再冰和五岁的儿子梁从诫，匆匆离开了北平古城，往西南大后方撤退。

——北平，那个著名的“客厅”就此终结。

从北平、长沙一路走来的梁林夫妇，到昆明后，最先借住在巡津街的“止园”，后又搬到巡津街 9 号。那一带紧靠 1910 年通车的滇越铁路火车南站，本地大户人家的西式豪宅也较多。虽稍显繁华，却仍有一份难得的幽静。其时，金岳霖、杨振声、萧乾、沈从文各家，亦先后到了昆明，住在离梁林居所不算太远的北门街。如是，曾被某些小家子气文人讥诮的“太太的客厅”，或叫“太太沙龙”，亦在昆明恢复。世事之难，恰如屠隆所谓："核人贵实，浮论难凭，从古圣贤不能无谤。"喜欢交往的林徽因，曾为那样一间"客厅"，受过许多不白之冤。余生也晚，初闻此"文字官司"，亦云里雾里，无从辨识。直到走进桂家花园那幢屋子，才明白，少为人知的是，时事突变，经常光顾梁思成、林徽因在昆明那间"太太的客厅"的，除了文化界的新老朋友，竟然还有一群年轻的空军航空兵学员。

与那些年轻的航空兵相遇，堪称梁思成、林徽因生命中的一段奇遇。那是从长沙来云南的路上，在湘黔交界处的晃县，为给病中的林徽因寻个住处，由一阵悠扬的、全都是西方古典名曲的小提琴声导引，梁思成意外结识的。梁思成的儿女后来回忆：雨夜传出一阵阵优美的小提琴声，"如听仙乐耳暂明"的梁思成想，拉琴的一定是个来自大城市、受过高等教育的人，或许能找他帮一点忙？"寻声暗问弹者谁"，贸然敲开传出琴声的客栈房门。乐曲戛然而止，梁思成惊讶地发现，屋里竟是一群身着空军学员制服的年轻人，十来双疑问的眼睛正望着他。他难为情地做了自我介绍并说明来意，这群年轻人却出乎意料地热心，立即腾出一个房间，帮忙把林徽因搀上那轧轧作响的小楼。原来，他们二十来人，是中国空军杭州笕桥航校第七期的学员，也正在往昆明撤退，被阻在晃县已经几天了。

其时的昆明航校，位于南郊的巫家坝机场，那群年轻人远离家乡、亲人，训练艰苦，生活枯燥，很自然地，就有意无意地，想把梁林的家当成自己的家。梁思成、林徽因亦以他们宽阔的胸怀，接纳了那些年轻人。逢有假日，那些年轻的航空兵便会相约来梁林这里聚会。事情也巧，不久，林徽因的三弟林恒，作为航校第十期学员，也来到昆明，这让那份友情变得更为亲密。

三、将阵亡者的遗物寄给他们夫妇二人，成了那支部队的惯例

无论对一个人，还是对一个民族，建筑从来都是文化心态的空间呈现。踱步于那间客厅，我总会寻思，开朗好客、诚恳热情的梁思成夫妇，到底是如何跟一

群年轻人像朋友那样交谈聊天的呢？说到底，那间客厅的实体空间，无论如何都不算大，心灵空间呢，或已大到无垠。明人吴从先《小窗自纪》有谓："忘形之交，唯有识性。"正义，是人性的骨架，也是性情的真谛。而至情至性，不尽是挥麈雄谈，倒或是执手细语。以梁思成、林徽因当时窘迫的经济境况，其时他家，玉盘珍馐当无，粗茶淡饭或有，真能拿出的，唯有一份关切与温馨。年轻人常向他们倾吐无处诉说的心声，他们则在忙碌中停下来，还以倾听与抚慰。我无缘加入那场世纪性交谈，于是只能想象那客厅，如何转瞬便成了年轻人的青春港湾，也成了梁林夫妇了然战事的通畅平台。无论梁家搬到哪里，年轻人都会追随而至。

一个人，自来到这个世界，就总会有多重身份。即便是一个所谓的学人、一个艺术家，也一样。他们既是某个行业、某个专业的专家里手，也是这个社会的一员。营造学社对中国古建筑的专业研究，自是梁思成、林徽因生活的日常。但他们同时又是一个社会的人，是处于酷烈的抗日战争中的中华民族之一员。即便俯身书桌，古佛青灯，也不会闻不到战场飘来的浓烈硝烟，思考这个民族的生死命运；却也能暂时拂去当下人世的喧嚣纷扰，隐忍着窘迫呛人的世味，于一瞬间转身面对他们心仪的古建筑，清心寡欲地，静心体味先贤的智慧。对于梁思成而言，一个国家最宝贵的财富，绝不仅仅是那些失落在荒郊野岭的古代建筑遗迹，他穷尽一生之力去探寻的，是埋藏在这些遗构之中伟大的文化传承和精神力量。国难当头，梁思成拖着病残之躯完成了《中国建筑史》的写作，从而实践了自己的誓言：中国的建筑史要由中国人自己来书写。作为一个艺术家的言语，与作为一个公民的言语，当然是不一样的，各有各的范畴，各有各的规则。而梁思成、林徽因夫妇能在两个范畴、两种规则间来回且迅速地转身，与其说是一种机智，不如说那更是一种胸怀。

——当梁林夫妇为躲避昆明当年日甚一日的日机轰炸，搬离巡津街9号，借住于昆明北郊麦地村一个尼姑庵中时，屋里潮得几能浸出水来，必要事先撒些石灰方可落脚。如是，所谓的“太太沙龙”，不在逼仄的屋内，就在屋外的天井。然战事趋紧，麦地村聚集的文人越来越多，住房日渐紧张拥挤，独立的空间，愈加成为奢侈。当梁林夫妇终于决定自己借地盖一幢房子时，一个宽敞的客厅，显然就成了必需。

很快，那些年轻人便陆续从航校毕业，即将编入对日作战的航空部队。学员中没一个人有亲属在昆明，便请梁林夫妇作为“名誉家长”，出席在巫家坝机场举行的毕业典礼并致辞。那天梁思成全家都去了。坐在主席台上，看毕业生的飞行表演，眼见那些年轻朋友就要驾着古董级的“老道格拉斯”飞机出征，一种说不出的酸苦和忧心，已然萦绕于心。

飞行员们偶然还会来到梁家，讲些战斗故事，还给他们的孩子带来过用日机残骸制作的玩具。这时的客厅聚会，欢声笑语渐少，气氛也日现凝重。说起空战中我方的劣势和一些老飞行员的牺牲，他们的揪心和忧愤，总让梁林夫妇担心，那些可怕的事情，可能随时都会发生。

不久果然传来了噩耗。梁思成突然接到部队寄来的一封公函和一个小小包裹——公函是一份阵亡通知书，小包裹里是一些日记、信件和照片。死者正是那群年轻飞行员中牺牲的第一人，因在后方没有亲属，遗物便寄给了“名誉家长”梁思成。林徽因捧着那些东西泣不成声。更没想到的是，那样的悲伤后来竟接踵而至，将阵亡者的遗物寄给他们夫妇二人，成了那支部队的惯例。

真难为了梁林夫妇，国难当头之时，他们跟全中国的老百姓一起，经受着战争的折磨；可任有再大的客厅，再宽的心胸，又怎么装得下如许悲伤？

自那以后，每年七月七日卢沟桥事变纪念日中午十二点，梁思成都要带领全家，在饭桌旁起立默哀三分钟，悼念一切他们认识和不认识的抗日阵亡将士。那三分钟是他们全年中最严肃庄重的时刻。

那样动荡的年月，房屋建成后只住了短短八个月，梁林夫妇就离开昆明，去了重庆附近的李庄。这回，那些年轻的飞行员已没法去到那里，好在通信仍在继续，友情仍未断绝。当年轻人得知梁思成、林徽因在李庄生活得很艰辛时，会借飞行之便，把他们省下的食品和日用品空投给他们心中的良师益友。我常常想，其时，对话是没有了，“客厅”却依然存在，甚至大如整个蓝天。

法国摄影家马克·吕布在给一位中国摄影家的信中写道：“人世间最美好的事物就是友谊、文化。相同的兴趣和热情，使我们成为朋友。对于我们来说目光与眼神是何等重要，我们每天都在改善这一眼光。”如果梁林夫妇先前的客厅，关乎的只是文人趣味，只是文化与艺术，那么，包括昆明巡津街9号和龙头街梁林故居客厅在内的那间巨大的“客厅”，就不仅包容了文化、艺术与情怀，更充盈着许多同时代文人所欠缺的血性与担当。

如今，那幢老屋人去屋空，留给人们的，只有无尽的沉思：在当今豪宅、会所随处可见，却缺少真能让人心与人心交流、让历史与当下对话的去处的年代，什么时候才能让更多人走进那间“客厅”，倾听梁思成、林徽因的告诫，也倾听我们自己呢？

史铁生的背影与清平湾的告别

解玺璋

十月中旬，已是深秋。我们“写作之夜”丛书编委会一行来到了史铁生当年插队落户的陕北延川县清平川的关家庄，现在这里也称清平湾，那是史铁生写了《我的遥远的清平湾》的缘故。

黄土高原，沟壑纵横，一道川，一条沟，几十里百余里不算稀奇。如果说延安以南的人大多生活在塬上，那么，这里的人则居住在川里，沿途我们就看到不少村子，一排排窑洞，散落在山腰上。有些新窑修得很漂亮，窑面经过刻意的装饰，非旧窑所能比。现在，川里有了省道、国道，汽车跑起来很轻松，当年却只有土路。史铁生曾经在《插队的故事》中写道："浩浩荡荡几十辆卡车，扬起几里滚滚黄尘，'哼——哼——'地在高原上爬。人蜷在车棚里颠。"即使这样，卡车也不能上山，而只能开到镇上，到村里，还有几十里山路要走呢。"几个干部引上我们走，翻了山又过沟，过了沟又翻山，说是寻一条近路。几十个老乡扛上我们的行李，迈着骆驼一样的步伐往山上爬；哪一件行李都有七八十斤重。山都又高又陡，一样的光秃，羊肠小道盘在上面。半天才走下一道山梁，半天才又爬上一座山峁，四下望去，仍是不尽的山梁、山峁、深沟大壑，莽莽与天相连。"

如今无须这番辛苦了。我们的车队从永坪川拐进清平川，只需十几分钟就到了关家庄的村口。一路上最让我感到惊讶的，是川里和梁上浓郁的色彩，完全超出了我的想象。说句实话，我脑子里的陕北，还是当年看《黄土地》留下的印象，放眼望去，只有黄土，铺天盖地，一直漫延到天与地连接的那条线，看不到一点儿其他的颜色。史铁生在《我的遥远的清平湾》中也是这么写的："从洛川再往北，全是一座座黄的山峁或一道道黄的山梁，绵延不断。树很少，少到哪座山上有几棵什么树，老乡们都记得清清楚楚；只有打新窑或是做棺木的时候，才放倒一两棵。"

我忘了曾经在哪儿看到过一个材料，说起陕北何以树少，一直追溯到北宋名将范仲淹，就是讲"先天下之忧而忧，后天下之乐而乐"的那位，当年他经营西北，与西夏周旋，砍光了这里的树。这种说法固然有其偏颇之处，但秦汉以后连年征战不能说对这里的地貌没有影响，有时候，人都杀光了，又何惜乎树！现在似乎是大大改善了，虽说已是深秋，但满山满川，五颜六色，丰富多彩，绿的是松树、柏树，黄绿相间的是柳树、榆树，还有枝头上挂着果实的苹果树，即使是叶落枝空的枣树，欠伸着的枝头上，也还点缀着几个红透了的枣子，在蓝天的背景下闪烁。而那铺满平川的苞米，将收未收，收未收尽，一片枯黄还在，瑟瑟地摇曳着。据同行的当地朋友介绍，近年来，川里的绿化程度越来越高，退耕还林，封山育林，已见成效，再一个有利条件就是，目前陕北正处在五十年丰水期，雨水尤为充沛，植被的生长可谓恰逢其时。史铁生在山上拦牛的时候，曾经梦想“那一座座黄土山都是谷堆、麦垛，山坡上的胡蒿和沟壑里的狼牙刺都是柏树林，就好了”。和他一起拦牛的老汉总是“吧嗒吧嗒”地抽着旱烟，笑笑，说：“那可就一股劲儿吃白馍馍了。老汉儿家、老婆儿家都睡一口好材。”

今天，距史铁生的那个梦已有四十多年了，他和老汉的那点儿愿望，与这些年陕北所发生的巨大变化相比，简直若九牛一毛，微不足道。走进关家庄，我便真切感受到了这种变化，只是这种感受很复杂，一时还不大容易表达，有许多说不清道不明、斩不断理还乱的东西，缠绕在心里。

这次回关家庄，除了我们这一行，还有孙立哲率领的另一支队伍，他们人数众多，有几十人，都是当年知青中的赤脚医生。在村口，我们遇到了盛大的欢迎队伍，村民们簇拥在村口，大约有上千人，中间是一支秧歌队，男男女女都打扮得花枝招展，脸上也涂了重彩，在伞头的带领下，正伴着锣鼓点舞将起来。一阵阵的鞭炮声，此起彼伏，花花绿绿的纸屑，纷纷扬扬，飘落在人们身上，也没有人在意。村民都拥向孙立哲，他刚一下车，就被里三层、外三层地包围了，每个人都想拉拉他的手，和他说话。

陕北素有闹秧歌的习俗，而延川尤甚。这里的秧歌叫伞头秧歌。每支秧歌队必有个领头人，执一把饰了彩绸的大伞，一边扭着碎步疾走如风，一边将手中的伞拧得如陀螺般旋转，这便是伞头了。同行的克明兄、庞沄兄当年曾在这里插过队，也是唱秧歌的行家里手。听他们介绍，每逢过春节的时候，伞头领着秧歌队挨家挨户地拜年，这里叫“转庄”或“排门子”。锣鼓唢呐声中，伞头要给每家每户唱三个吉庆秧歌，才能进门。好伞头一天要唱数百首乃至上千首，而且不能重复，没有就地取材、即兴发挥、出口成章的本领，是做不了伞头的。我们在村口就遇到了村民秧歌队的挑战，要过村口的这道彩门，按照规矩，必须经过秧歌对答这套程序，答得上来，队伍才能进村。

老乡们固然不会难为老知青，而老知青们也是有备而来。他们公推黑荫贵为伞头，老黑看上去似乎深谙此道，他一手举着花伞，一手拿着一张纸，唱得非常投入。那张纸上写着他事先编好的唱词，唱到兴头上，他甚至不再看那张纸。老乡们的兴致更加高涨，伞头换了一个又一个，人人都想唱一段。这阵势老黑一人可就有点儿招架不住了，克明、庞沄见此情景，也上去客串了一把。我们这些头一次来陕北的人，哪里见过这种场面，无不觉得大饱眼福。我猜想，史铁生当年也未必见过这场面，不然，他不会在《我的遥远的清平湾》和《插队的故事》中只字不提。前者完全略去了初来时的情景，只写与白老汉拦牛的经历；后者则写了来时一路上的辛苦，以及残酷现实给予他们的惊讶和疑惑。接着，笔锋一转，就到了第二天早晨。他写道：

到清平湾第二天，早晨一睁眼，炕沿前已经站满一排人，老汉、娃娃、后生。那儿的人习惯不敲门就进窑里来串。一排脑袋瞪着一排眼睛，正“咳呀咳呀”地轻声慨叹。

这场面和我们刚刚经历的场面完全不同，细细地品一品，咂咂滋味，就觉得从前多了些亲热，现在多的是客气。进村仪式持续了大约一个小时，老知青们才在老乡们的簇拥下来到整修一新的合作医疗站。这是专为孙立哲和赤脚医生们返乡而整修的，当年那座医疗站怕是早已残破不堪，不忍让外人见了。说实话，将近半个世纪过去了，沧海桑田都有可能，黄土高原上一个村落的衰败，有什么不可能？我们匆匆在村里走了一圈，发现这里去乡村化的程度的确是很深了。我不知道现在还有多少人生活在村里，但其中以老人为主是不会错的。我问过几个后生和中年人，他们在外打工，都不住在村里，有一位全家都搬到北京去了，这次听说孙立哲和老知青回村，是特意回来凑热闹的。我问他知不知道史铁生，他说知道。知青在这里插队时，他年纪还小，印象是模糊的。但他知道史铁生是个大作家，只是没读过他的小说。

村里的窑洞大部分都很破旧，看上去像是很久没有人住了。这次组织知青返乡，孙立哲出资，事先请村里整修了几孔窑洞，就是为了当晚在这里能有个住的地方。吃饭也成了问题。听说要来几百人，村里提前安装了压饸饹的设备，宰了十只羊、两头猪，但当天从十里八乡赶来的村民有上千人，最后不得不派人开车到县城买馒头。这种情形提醒我们，关家庄现有住户之少已经不足以待客了。变化的确很大，但过程相当漫长。大约 30 年前，史铁生曾在朋友们的帮助下回过一次关家庄——即他的清平湾，他想起在这里插队的时光，已经是十几年前的往事了。转过年创作《插队的故事》，他记下了当时看到的情景和自己的感受：

清平河还是那么轻缓地流着，在村前“哗哗啦啦”地诉说着日月光阴。

我们当年住过的那眼石窑静静地坐在阳光里。

窑洞前的小枣树长大了些，枝叶摇曳，在窑门和门前的空地上投下碎影，窑洞就更显得沉寂。窑门上了锁。木门上隐约辨出当年的墨迹：“是七尺男儿生能舍己，做千秋雄鬼死不还家。”金涛写的。还记得我给他端着墨汁瓶，称赞他的字写得漂亮，墨汁溅了我一脸。……

现在这窑前可真冷清。窑已作了仓库。那群吵吵嚷嚷的少年都到哪儿去了？好像根本不曾来过。好像他们还在窑里，睡着懒觉。好像他们都去赶集了，买几筒罐头，吃罢就回来。好像他们都上山受苦去了，剩我一人在家做饭，一会儿就都会喊着饿回来的……所能清楚的只一件事：他们都远离了清平湾，但他们无论在这星球的什么地方，都终生忘不了这窑洞、这山川、这天空、这土地和人……

过了30年，史铁生又一次回到了清平湾，但这一次他是“魂归故里”。他啊魂在村里游荡，我担心他找不到家。如果说30年前他在这里还能从“木门上隐约辨出当年的墨迹”，那么今天，这木门已不复存在，他们“当年住过的那眼石窑静静地坐在”斑驳的树影中，一言不发，只在那窑口边上挂着一个“史铁生故居”的牌牌。一棵新生的小榆树遮住了黑黝黝的窑口。我不知道回到故里的史铁生的魂魄看到这一切会怎么想，也许他会说：“清平湾的人凭什么要记得我们呢？有过那么一群北京学生，少男、少女，乱哄哄地来了，吵吵嚷嚷地住了三四年，又一个一个都走了。来去匆匆，都不晓得为了什么。清平湾还是清平湾，在那偏僻的大山里，看着日出日落，做着一年四季的营生，过着自己的日子。”如果非要说留下了什么痕迹，那一定是关家庄变成了清平湾。史铁生用他的叙事赋予清平湾非现实的生命，只要史铁生的叙事在，清平湾就在。

总还是有一些遗憾。因为读过史铁生的《我的遥远的清平湾》，对他喂过的牛免不了有些惦念。同行的刘瑞虎兄当年也在关庄公社插队，和史铁生不在同一村，但也曾养过十几头牛。这次他专程从美国回来，一路上都在说牛。然而在关家庄，已经看不到什么牛了，建在村子最高处的饲养场，也不在了。1984年他回清平湾，在县城饭馆吃饭时，正碰上村里四元儿带着婆姨也来吃饭，便迫不及待问起他喂过的牛，四元儿告诉他："现在谁喂牛？现在单干了，牛都分了，各家喂各家的。"到了村里，他找到饲养场，"饲养棚都拆了，光剩一片空地，堆满柴草、石料"。他寻着残留的地基，找到当年的领地，跟同行的几个人说："老黑牛就在这儿，红犍牛就在那儿，老生牛在这儿，花牛在最边上……我记得它们的样子，盼着我给它们拌料，高兴得前蹄上石槽，亮亮的眸子望着我。白老汉哑着嗓子又唱：你看下我来，我也看下个你……"史铁生有过一张怀抱牛犊子的照片，那牛犊子出世才四天，回村的时候他还想："我那群牛中最可能还活着的就是它。"他"向老乡问起，人们说那牛也老了，年昔牵到集上卖了"。

那天，我站在史铁生住过的窑洞前，望着土坡下清平河近乎干涸的河道，左侧便是瞎老汉和他那只狗常去的土崖，经过洪水几十年的冲刷，土崖已经快看不出模样了。这时，我想到一个问题：我这个并非在这里插队的人，为什么要到这里来？千里迢迢我来到这里，究竟想要看到什么？这个问题史铁生也曾想过。据他在《插队的故事》中交代：“想回一趟陕北，回我当年插队的地方去看看，想了快十年了。”最初只是他的梦想，一旦得知了梦想可以变成现实，他竟“连着几夜失眠。我一头一头地想着我喂过的那群牛的模样，不知道它们当中是不是还有活着的。耕牛的寿命一般只有十几年。我又逐个地想一遍村里的老乡，肯定有些已经老得认不出了，有些长大了变了模样，我走后出生的娃娃当然更不会认得。我又想我们当年住过的那几眼旧石窑，不知现在还有没有。又去想那些山梁、山峁、山沟的名字，有些已经记不清了。我拦过两年牛，为了知道哪儿有好草，那些山梁、山峁、山沟我全走遍”。

没有插队经历如我者，也许很难理解插过队的人何以对那些插队的日子念念不忘。有人揣度其中原因，以为“不是因为别的，只是因为我们最好的年华是在插队中度过的。谁会忘记自己十七八岁、二十岁出头的时候呢？谁会不记得自己的初恋，或者头一遭被异性搅乱了心的时候呢？于是，你不仅记住了那个姑娘或是那个小伙子，也记住了那个地方，那段生活”。史铁生说：“得承认，这话说得很有些道理。不过我感觉说这话的人没插过队，否则他不会说‘只是因为’。使我们记住那些日子的原因太多了。我常默默地去想，终于想不清楚。”

史铁生作为亲历者、过来人都想不清楚的问题，我辈要想想清楚怕也难，虽然有旁观者清的说法。往简单了说，我来清平湾，全是因为史铁生。吃了鸡下的蛋，不仅想看看下蛋的鸡，还想看看鸡在放养时逐食的山坡。当然，我对清平湾的想象全部来自史铁生的小说，就像史铁生来陕北之前对这里的想象有许多来自贺敬之的诗一样：“我心里盼着天黑，盼着一种诗境的降临。‘在九曲黄河的上游，在西去列车的窗口，是大西北一个平静的夏夜，是高原上月在中天的时候……’还有什么塞外的风吧；滚滚的延河水啦；一群青年人，姑娘和小伙子怎么怎么了吧；一条火龙般辉煌的列车，在深蓝色的夜的天地间飞走；等等。还有隐约而欢快的手风琴声，等等。想得呆，想得陶醉。”他说：“你正经得承认诗的作用，尤其是对十六七岁的人来说，尤其是那个时代的十六七岁。”

空设的诗意越美好，失望也就来得越快些。就在当天去清平湾的路上，陕北已经露出了真相，他们于是“都默默地低下头走”，脚下也变得“沉重起来”。我对清平湾的预设也被真相击得粉碎。说老实话，当我看到那个连门窗都没有的黑黝黝的窑口就是“史铁生故居”时，真是失望极了。我想到了它的破旧，却没有想到如此不堪。但是转念一想，每个地方都有自己的生命轨迹，它义无反顾地往前走，并不顾及旁人的感受，无论你是留恋也罢，伤怀也罢，都不能阻止它的改变，即使它变得面目全非，变得这世界上终有一天没有了你，没有了你的任何痕迹，那又怎么样呢？其实，史铁生后来对这个问题已经想得很透彻，他在《病隙碎笔》中很豁达地写道：“你要是恐惧于那无限的寂灭，你不妨想一想，这世界上曾经也没有你，你曾经就在那无限的寂灭之中。”既然如此，我又何须为了“史铁生故居”而伤感呢！

然而，史铁生又并非坠入虚无。他为此曾打过一个比方：“一棵树上落着一群鸟儿，把树砍了，鸟儿也就没了吗？不，树上的鸟儿没了，但它们在别处。同样，此一肉身，栖居过一些思想、情感和心绪，这肉身火化了，那思想、情感和心绪也就没了吗？不，他们在别处。倘人间的困苦从未消失，人间的消息从未减损，人间的爱愿从未放弃，他们就必定还在。树不是鸟儿，你不能根据树来辨认鸟儿。肉身不是心魂，你不能根据肉身来辨认心魂。那鸟儿若只看重那棵树，它将与树同归于尽。那心魂若只关注一己之肉身，他必与肉身一同化作乌有。”如果我们把那棵树看作清平湾，史铁生就是那群鸟儿中的一只。有一天那树或许不在了，但鸟儿还在；有一天那鸟儿的肉身也不在了，但那鸟儿的心魂将飞起来，并永存于人间。至于“那爱愿，或那灵魂，将继续栖居于怎样的肉身，将继续有一个怎样的尘世之名，都无关紧要”。

一城风月向来人

——泉州：与弘一有关的一切

匡笑余

一　心得

朋友老李从泉州来穗，送给我一个储茶叶的陶罐。我指着罐子上“温陵书院”四字看着他刚想说话，他就果断地解释道：“是啊！泉州古称温陵啊！”

但其实当时我想起的是另一个地名——温陵养老院。这个地方不知道现在还有没有，但63年前必定确实有过的。因为弘一法师就圆寂在这里，并留下了著名的“悲欣交集”。

除了弘一法师本人，谁也无法准确参透“悲欣交集”四字。

对于修行大德而言，临终的绝笔本就是一生境界的示现。后来学佛修道的众生，有几个能不自欺地以为自己已经到了法师当年的境界呢？而真正到了如许境界的人，恐怕也不会妄自涉入他人风光。因为修行终究只是自己的“自知之明”，“虚室生白”本是实证的修为，但槛外所得，不过也和“悲欣交集”一样，只是四个看起来很动人心魄的汉字而已。

一如泉州。

对于生死于斯的泉州人而言，或许便如大道无形，日用不知。但对于我这样因所需所求不同而只去过泉州两三次的槛外人，所见所得自然有另一番不同。这不同自然未必就是另一种可以耳目生辉的风光，但就像运动场上跑步的人，其间的坚定或懦弱也只有自己心知肚明。

所谓人间，不就是参差高低的"心得"交汇吗？

有会于心，是为"心得"。

——泉州的心得。

二　两忘

2010年冬天，我们去泉州演《江湖边》。

冬雨。

陌生的街。

街上陌生的人。

把陌生丢在身后，便直奔那座著名的山。

因为那山上有我并不陌生的偶像——老子。

山名"清源"，据说因老子一气化三清而得名。神仙家事，从来无法验明。倒是山中有一石岩，因其酷肖老子，故名“老君岩”。《泉州府志》载曰：“石像天成，有好事者为略施雕琢。”其像名副其实可谓“老子天下第一”，高近5.1米，宽、厚均7米多。背屏青山，抚膝而坐，二目深邃，气韵寥阔。虽本天然，但两耳深垂，耳轮内涵，幽渺自然，让人联想起《神仙传》所载，言老子“耳有三漏”。因为“三漏”亦有“参漏”的记载，或许古代那“略施雕琢者”也没有准确的判断，索性真的就“略施雕琢”，留了个大大的耳洞，供人随意猜想？既真真切切，又恍恍惚惚，倒正合了老君“道之为物，惟恍惟惚”的经义。

据传，古时曾有一高大道观护罩老君岩，惜乎“沧桑多风雨，人世本无情”，如今道观早已烟消云散，只剩这老君岩成全着自己最初的模样。面对石像，肃手静默，竟觉得若说那曾经的道观代表玄门设教，那么后来的烟消云散便是近世道门没落的影射；而这经风历雨千载犹存的老君岩，似乎又影射了中华大地上亘古以来的道家，虽气象不再，但风骨依旧，护持着神州的子弟。

参完老君，日已近暮。由于当晚便要演出，一行人就要寻路下山。但又心怀不甘，偌大一山若只这般浅尝辄止，就像刚上餐桌就要放下筷子。于是商量个没办法的办法，就是咱们还是下山，但不循旧路。另走一条道下去，至少可以多见几眼没见过的景致。

五个没来过泉州的人也并不担心走错路，只选了向下的山势胡乱走去。雨后山气，暮色晚风。惊鸦鸣雀，草径人深。一路远观近探说说笑笑，突然从林间草隙隐约窥见前方似有建筑。紧走几步，撞入眼帘就是一间石室，并不太大，但打眼就有渊停岳峙的非凡气势。抬头猛看，一声惊呼！

——呀！竟就是弘一法师舍利塔。

虽名为“塔”，实则类“室”，与在别处所见佛教舍利塔不尽相同。

头顶是以花岗岩仿拱木结构镶叠而成。没有光亮，也不敢有光亮，只那静默的气息已让人心生敬畏。

其时我们正在做的新专辑就是《神游——李叔同先生乐歌小唱集》。谁能想到这般胡走一气，竟就走到法师藏骨之处呢？空山冥默，一心淡然。山花山鸟，草叶林木仿佛都隐放了笑容，看着这寥寥诸人命里的足迹。

塔里塔外刻满法师遗墨，其中一联“万古是非浑短梦，一句弥陀作大舟”乃是法师敬佩的明代蕅益大师的留世偈语。法师对蕅益大师的景慕之情无以复加，据说随身总带着一块木制的“蕅益大师灵位”，以便随时供奉。蕅益大师的偈语配着弘一法师的手笔，寥寥数语，仿佛写尽了弘一法师“半世公子，半世名僧”的一生。即使持戒守律，被后世誉为律宗十一世祖的后半生，也在“一句弥陀作大舟”中升腾起飘飘洒洒的宗门气魄来。

法师出家之后“百艺俱废，唯不废书”，曾在与某先生信中自谓其书法：“朽人之字所示者，平淡、恬静、冲逸之致也。”回望走来的老君岩方向，道教的教祖与佛门律宗十一世祖虽相隔两千余年，却同归清源比邻而居。后生乐意地以为，他们肯定早已忘记了彼此教门的不同，因为他们都一样把慈悲心放在了同一片土地。

他们只静静地留在山上，注视着眼前日益繁华的城市。只是后生不知道，老君的“曰慈，曰俭”与法师寓于笔墨中的慈悲情怀，在这依然叫作“泉州”的城里，还有多少人看得见，并需要着呢？

再次启程的路上，我写下后来放在《神游》里的《两忘》：

但留弘一法，且去叔同名。
山照山相见，水摇水中影。
水上看山色，山间听水鸣。
物我两忘后，一世好风景。
吾我两忘后，一世好修行。

三　心印

弘一法师1918年在杭州虎跑定慧寺正式出家，1942年于泉州不二祠温陵养老院晚晴室圆寂。在法师出家的24年里，据说有14年是在泉州度过的。

我们没能去到法师在人间最后一次睡去的温陵养老院，据说那里如今的名称叫“三院”，却不是指从前的不二祠、小山丛竹书院和温陵养老院三个所在，而是“泉州市第三医院”的简称，这个医院主要研究的是心理精神的问题。细一想来有点意思，佛法不过慈悲度人，弘一法师当年在承天寺也写过“念佛不忘救国，救国必须念佛”，中西医道虽有内外之别，但总不失治病救人的慈悲情怀。大医精诚，凡心俗念若真臻至“精诚”境地，恐怕和“佛心道情”也相差无几。于是从前以佛心度人的弘一法师的遗址如今深藏在用现代医疗手段救命的医院，中间也似乎总有条隐约的线索牵扯着过往因缘。

“晚晴”二字取自李商隐“天意怜幽草，人间重晚晴”，最初缘于1929年经亨颐、夏丏尊、丰子恺等7人为法师在浙江上虞白马湖畔所建的居所，即名“晚晴山房”。“温陵养老院”的“晚晴室”自然源于此。

“幽草”者，或自哀之避世，或身藏之不争；“晚晴”者，或时光之恋叹，或庇世之良愿。如今人间依旧，晚晴依旧，只当年的晚晴老人离尘去世，留下这据说如今做着药品仓库的晚晴室，譬拟着这幻变无常的人间，却总深情如故的晚晴。如此看来，弘一法师自谓之“晚晴老人”，发心恐在人，而不在己也。

在泉州，因为弘一法师的缘故，我们去的地方多是寺庙。在承天寺遇“弘一法师化身处”，在开元寺见法师手书朱熹撰联之“此地古称佛国，满街都是圣人”，在惠安净峰寺睹那首支撑了《神游》所有意义的小诗。几乎每个寺庙，总能见到弘一法师清新朴拙的遗墨。不由想到如今音乐行道有种叫“小清新”的，能将“清新”与“朴拙”合为一体，恐怕至少需要多看看弘一法师的笔墨；当然，如今的“小清新”有可能要的就是“清新”，本来就不需要“朴拙”的。

“朴拙”，就是弘一法师那袭补丁摞补丁，但在每一幅留世相片里都卓尔不群的旧袈裟；就是法师面对夏丏尊炫耀一样边说“哪里！还好用的，和新的差不多”时边展示的那条旧毛巾；就是他托骨埋名那座与风雨同在，与世情无干的山；就是在惠安那嘈杂的舞台上我眼中虚空里他翛然而来，笑容里的一脸慈悲。

对于“古来东方第一港”和“海上丝绸之路起点”的泉州，它的朴拙更多的则不藏在寺庙里。穿街走巷，一路周折，沿途触手可及就是很多古貌岸然的老屋旧厝。色彩斑驳，砖瓦支离，一草一木都像在诉说太多再也不可言说的岁月离情。

我们临走前在那间以“秉正堂石花膏”著名的老店，突然发现不远处有宫观飞檐，穿过市井，破空而出。于是慌慌急急寻去，竟是错有错着，走上了通往宫观后门的一条路。沿路建筑虽已变了古来样式，但格局仍在。即使小门小户，门头依然不遮不拦大大方方写着或“陇西李”“开闽王”“南阳叶”“雁门畲”，或“下邳林”“紫云黄”“南阳邹”“曲江张”等各种郡望堂号。你在这些地方走过的时候，就会觉得：哇，汉字这么好看！它怎么破了旧了，还更好看呢？

破旧方见岁月深情，华丽只是过眼文章。

几个字，一个郡望堂号，一段家族绵延。

家族如此，城市亦然。

弘一法师之于泉州，犹此心印一方。书香墨痕，至今犹存在城里乡间。犹如当年单衣芒鞋，慈悲着这浮生万变。

四　有情

和大多数人一样，最初与他的相逢都是因为那首《送别》。

“长亭外，古道边”，此词一出，世间似乎就再没有第二首《送别》了。

只是那时候他不知道，在未来他会有另一个名字叫作“弘一法师”。

因为那时候他还叫李叔同。

对于后来“百艺俱废”的弘一法师，或者他并不想再提起这个从前的名字。古代颇多诈死瞒名求此身苟存的传说，而弘一法师的改名换姓显然不在此例。当俗世红尘的风光都已见识之后，恐怕另一番领域的风光就已呼之欲出，召唤着他另一场的生命行程。就像他的学生丰子恺曾用“三层楼”来譬喻他出家的缘由，当以艺术生活为主的第二层楼已经满足不了他对生命的好奇与希冀时，他自然会一身勇进，直接进入更高的境地，去领略一方宗门的风光。

丰子恺曾形容他的老师，说弘一法师是一个活得十分像人的“人”。

是人便有人情。很多人赞叹法师出家后的戒律行持，而我更羡叹的是即使出家后的法师，那难得流露的赤心人情。因为戒律可以修，而赤子情怀与生俱来，一旦失去，再难复得。

如 1930 年，夏丏尊 45 岁时，与经亨颐、弘一法师相会于白马湖。法师在《题经亨颐赠夏丏尊画记》中写道：“酒既酣，为述昔年三人同居钱塘时，良辰美景，赏心乐事，今已不可复得，余乃潸然泪下……”（当然酒酣的不是法师，而是经亨颐）

又如 1924 年，老友杨白民辞世，法师在给其女回信时亦毫不躲闪，有“绕屋长吁，悲痛不已”之语。

更甚者如其弟子刘质平记述——在上虞法界寺，病未愈，被甬僧安心头陀跪请去西安宣扬佛法，无异绑架。师被迫，允舍身，有遗嘱一纸付余。余以其不胜跋涉，在甬轮上设法救回，自轮船三楼负师下，两人抱头大哭。

我们看法师，总是威仪凛然、不动如山的法相佛风。殊不知出家人才真正一心满蓄人情滋味，唯其如此，才有一心修佛的决绝精诚。我们看见的是法相，就像港片《倩女幽魂2》中知秋的悲鸣——修道之人，心中有佛，明知是假，亦不可破。但我们往往都忘了的是，法师也是人，并且是个老人。所不同的是，这个老人比我们多了一颗慈悲心。

在泉州惠安净峰山的净峰寺，身前是当年弘一法师手植的菊园，就在这里他写下他出家后据说唯一的诗：

我到为植种，
我行花未开。
岂无佳色在？
留待后人来。

眼前是一望无际浪淘尽英雄无数的大海。

法师曾经涉水渡江的洛阳桥今夕犹在。

凭栏怀想，只需眼光虚漠，目空一切，单衣轻衫的老人便竹杖芒鞋，又踏浪而来。

如今五年过去，又已去过了泉州一次，化身处的石碑也已换了一块。某日在舞台上又唱起叔同先生填词、曾在母亲灵堂用钢琴弹唱的那首《梦》，忽然心生感触，又一阵黯然，因为我想到，也许做这张专辑最后的意义，可能就是让更多人知道，他曾经叫“李叔同”吧。

遥想柳青

乔 叶

1

他头上顶着一条麻袋，背上披着一条麻袋，抱着被窝卷儿，高兴得满脸笑容，走进一家小饭铺里。他要了五分钱的一碗汤面，喝了两碗面汤，吃了他妈给他烙的馍。他打着饱嗝，取开棉袄口袋上的锁针用嘴唇夹住，掏出一个红布小包来。他在饭桌上很仔细地打开红布小包，又打开他妹子秀兰写过大字的一层纸，才取出那些七凑八凑起来的，用指头捅鸡屁股、锥鞋底子挣来的人民币来，拣出最破的一张五分票，付了汤面钱。这五分票再装下去，就要烂在他手里了……

想到柳青，我脑子里首先想到的就是曾经的中学课文《梁生宝买稻种》。多年之后，在《创业史》里读到这些乡味浓郁的细节，依然喜欢。相比而言，主旋律意识很明确的下一段文字似乎就有些突兀："尽管饭铺的堂倌和管账先生一直嘲笑地盯他，他毫不局促地用不花钱的面汤，把风干的馍送进肚里去了。他更不因为人家笑他庄稼人带钱的方式，显得匆忙。相反，他在脑子里时刻警惕自己：出了门要拿稳，甭慌，免得差错和丢失东西。办不好事情，会失党的威信哩。"

但是，莫名其妙地，又觉得很和谐。为什么呢？细细品来，便明白了：这两段文字的底色一致，都是一种质朴淳厚的热爱。无论是对于村邻至亲，还是对于政治身份。

5月初，我去了一趟陕北榆林的吴堡。这是柳青的故乡。一路上听了许多柳青的故事，百感交集。一晃已经两个月过去，前两天收到了吴堡县委宣传部寄来的《百年柳青——纪念柳青诞辰100周年文集》，把这本书和柳青长女刘可风所著的《柳青传》，以及上下两册的《柳青纪念文集》放在一起，它们和柳青的《创业史》占了这层书架的一半。

一直以为柳青很土，这趟吴堡之行让我知道，他固然是很土的，但他绝不是只有土。《百年柳青——纪念柳青诞辰100周年文集》的前10页是柳青先生的影像小辑。其中一张是少年柳青。1930年，14岁的他考上了绥德第四师范学校。这是张集体照，他在前排左一。围巾松松地搭在肩上，很文艺的样子。发型正是现在流行的莫西干头，中间厚两鬓薄。嘴巴紧绷，眼神倔强。

后来，绥师因“赤色”浓烈被封。半年后，他又去上榆林六中。榆中的课程里有英文，他很快便能读英文原著，成了英文学习会主席。许多英文名著，他背得滚瓜烂熟，几十年后提起来还记忆犹新。

1937 年，他 21 岁，已经担任《西北文化日报》副刊编辑，同年开始学习俄文。1945 年，他在米脂县吕家崄工作的时候，听说绥德县一个人有英文版的《安娜·卡列尼娜》，他去借书，头天清晨出发，第二天天亮赶回，走了 160 里。

所以贾平凹说："柳青骨子里是很现代的，他会外语，他阅读量大，他身在农村，国家的事、文坛的事都清清楚楚。从《创业史》看，其结构、叙述方式、语言，受西方文学影响很大。"

他中年的那张照片应该是他流传最广的标志性照片，照片上的他穿着对襟褂子，戴着圆圆的眼镜，很像一个乡绅——就我个人的审美，我觉得他更像一个村会计。还有一张照片，看不清他穿的什么衣服，仍然是圆圆的眼镜，头上多了一顶黑毡帽，这使得他有一种接近乡村老人的慈祥。

这时候的他，已经在长安县的皇甫村住了多年。

2

1953年4月，柳青辞去长安县委副书记的职务，落户皇甫村，先是住在常宁宫。1955年5月，柳青又搬到了中宫寺，在这里住到了1967年年初。这两座土庙构建了著名的柳青下乡14年。这两个地方都不在皇甫村里，常宁宫离村4里多远，中宫寺也和村民们的居所有一段距离。据刘可风回忆，他家的葡萄熟了，他会让妻子马葳用筐提着，一户一户送到农家。

近两年来，“深入生活、扎根人民”成为文艺界如火如荼进行的主题实践活动，仿佛这是一项重新恢复的悠久传统，尤其以柳青为例。但是，谁能想得到呢？他当时长居乡村，在业内绝对是个异数。1955年、1956年应当是他创作上最艰难的时期，很久没拿出作品，众人议论纷纷。妻子也觉得委屈，想要回到城里。两人为此冲突激烈。省里主要领导找他谈话，说写不出来就不要写了，回到西安“当官”，处理省作协的日常行政事务。全国作协的一次会议上，一个领导批评了他在皇甫村定居和大规模的写作计划，断定他将失败。内外交困中，他说："我准备失败！如果都能成功，都不失败，怎么可能？我失败的教训，就是我给后来者的贡献。"

1958年，他终于写顺了。为了这个顺，他的状态有时几近走火入魔。他经常以游手好闲状混在人群里去赶集，目的只是听农民们说闲话。他也经常去农民家家访，被人称作神经病。梁生宝的原型王家斌是他密切接触的对象，王家斌的父亲一见他来就骂："你个丧门星，把我娃勾引得成天跑……"他还经常演自己书中的角色，人们曾经看到他一个人在屋里，手中端个东西，两只脚跷着走，嘴唇动弹着，很生气的样子。还有一次，院子里的鸡刚下了蛋，叫唤得厉害，扰了他的思绪。他回到卧室，拿起鸟枪，把这只鸡枪毙了。

——他很清楚自己是干什么来的。他从没有忘记自己是个作家。他不止一次地对别人举过这样的例子："我听说有一个省里有一位青年作家，从1958年起就在一个生产队里当社员。三年之后，他是五好社员，但却不仅写不出好作品来，甚至于写不出可以发表的作品来。……这位同志把自己对象化了，却没有按照工作的要求保持住自己的独特性……"

有一张照片，是他和农民们在一起的情形，题为"柳青与皇甫村人民在一起"。他和这些农民是什么关系？毫无疑问，他爱他们。可在他们中间时，他也清醒地知道着自己。我想，他不住在村里应该就是基于这种意识。《柳青传》里记载，他也很警惕和村民们之间的金钱来往。最开始常常有人找他借钱，借了这个，那个也来了。借了这个30元，借了那个40元，拿30元的人会认为自己更困难，为什么才有30元？他接受了教训，对再来借钱的人说："你们有困难找组织，我能给大家办事也通过组织。这是组织的关怀，不是我个人的关怀。"

他没有食言。面对集体，他从不吝啬。《创业史》第一部出版后，稿费1.6万元，他全部捐给了中共王曲人民公社委员会。他说："农民把收获的粮食交给国家，我也应该把自己的劳动所得交给国家。"——交给国家，柳青的语境里，这庄严端肃的四个字，如今因电影《盗墓笔记》的缘故，已经成为一个流行梗。

刘可风说：“事实证明，这是他能够长期居住在皇甫村，不因经济问题的纠缠影响写作的‘重要决策’。”而眼明心亮的乡亲们早已在14年的光阴里深谙柳青的赤诚，所以他泾渭分明的原则一点儿也没有妨碍他们也爱他。“文革”开始后，造反派拉着柳青回到皇甫村游街，乡亲们走过来问：“柳书记，回来了？”“柳书记身体好着不？”没有一个人跟着喊口号，只在背后悄悄议论：“把柳书记打倒了，对党的损失太大。”柳青回到西安进“牛棚”后，哮喘病严重，村里人听说狼油可以治哮喘，专意打了狼，把油送来。所有人走的时候都说：“回咱皇甫来，都喜愿你回来。”虽然中宫寺已经片瓦不存，但是村民们说：“不要紧，咱再给你盖几间。”

在吴堡的柳青图书馆里，循环播放着一段录像，情节是柳青在稻田里，跟着农民学习插稻。这半个世纪前拍的纪录片，主题就是展示柳青如何“深入生活”。柳青去世前几个月时还说：“我仔细回忆了我的一生，除了拍电影拍了我劳动的镜头外，我一生都是实事求是的。……我说我不劳动嘛，让人说我骗人呢。他们又让组织反复动员。我坚持几次，最后还是没有扛住。”

他对此后悔不迭，觉得这是自己的道德瑕疵。与之遥相呼应的，是他之前对骡子问题的反思。陕北无车，组织曾给他分配过一匹马当交通工具，他征得组织同意后，添补了自己的稿费，以这匹马换了一匹骡子。他曾这样检讨过自己：“……我那种做法是很不朴素的。……我当时只考虑我在陕北乡下跑来跑去，有匹骡子会比较方便，但我却支出了一些精神：各地机关拉去用我会担心，怕通信员喂不好我也检查。我甚至于同骡子有了一种感情，没有事常摸摸拍拍。到离开延安交公的时候，我还顺路到马厩里去看过。饲养员们称赞它，我很高兴。这种想法是很可笑的……”

——他自觉的可笑是多么可爱啊。太可爱了，可爱得简直让我难过了起来。

3

《柳青纪念文集》厚厚两卷，第一篇是陈忠实先生的文章《重读〈创业史〉》。这是他在《创业史》发表50周年纪念会上的发言。陈忠实回忆说："1982年的春天，我被我们西安市灞桥区派到渭河边上去给农民分地，实行责任制。区上派的工作组到各个乡镇，开始给农民分地。我在我驻的那个公社先做了一个村子分牛分马分地的试验，总结经验然后再推广。我记得在渭河边上第一个分牲畜的那个村子，晚上分完牲畜以后都到一点左右了，我骑着自行车回驻地的时候，路过一个大池塘——莲花池，刚从分牲畜的纠纷里冷静下来，突然意识到，我在1982年春天在渭河边倾心尽力所做的工作，正好和柳青50年代初在终南山下滈河边上所做的工作构成了一个反动。完全是个反动……那个晚上从村子走回我驻地的时候，这个反动对我心理的撞击至今难忘。生活发生这种戏剧性的变化，在我们文学界，多年以来涉及对《创业史》的评价，也是最致命的一个话题，就是农业合作社不存在了，《创业史》存在的意义如何……”

我忽然有点儿好奇：这个问题，柳青先生想过吗？

按照柳青的计划，《创业史》第一部写互助组阶段，第二部写农业生产合作社的巩固和发展，第三部写合作化运动高潮，第四部写全民整风和“大跃进”。但现实没有也不可能按照他的预想来行进。1953年，党在过渡时期的总路线和总任务还是用15年的时间来发展农业合作化，当时对苏联合作化的经验和教训深有研究的柳青欣慰地感慨说：“这是接受苏联合作化的经验教训，根据我国的实际情况制定出来的。”

——据刘可风回忆，他极其关心政治，经常从自己的角度非常深入地思考分析国际和国内的政治形势，甚至睡梦中都萦绕着政治问题。《柳青传》里有一个细节：“他正在病床上熟睡，突然醒了，一骨碌坐起来，明眸中射出一道犀利的光说：‘我正在一个国际会议上和别人辩论呢，话还没说完怎么就醒来了？’”

两年后的1955年7月，毛泽东发表“关于农业合作化问题”的报告，批评这个速度是“小脚女人走路”。从此，形势突变，高级社的成立大潮强劲席卷。柳青的写作计划也不断进行着调整。1958 年至 1959 年，柳青写出了小说《狠透铁》。书出版的时候，他在书名下方题写了副标题：“1957 年纪事”。他对关系亲近的人说：“这篇小说是我对高级社一哄而起的控诉。”

应该也就是在那时，他调整了《创业史》后续写作计划。晚年时候，有一次他和刘可风聊到《创业史》第四部的创作计划，他说：“（第四部）主要内容是批判合作化运动怎样走上了错误的路。我写第四部要看当时的政治环境。如果还是现在这样，我就说得隐蔽些。如果比现在放开些，我就说得明显些。……我说出来的话就是真话，不能说不让说的真话，我就在小说里表现。”

“这些年，包括一些运动，来了就是一股风。不让人分析，不管什么事都要‘一边倒’，所以，对一些问题的看法不断地‘翻饼子’，下一个时代恐怕也会表现出来，我的《创业史》肯定会被否定。”

能够如此推断自己的作品在未来的命运，这种理性近乎残酷。与此同时，他也对自己的创作抱着低调而又顽强的信念。他曾和朋友李旭东谈心，李旭东说：“我想，你所有作品的倾向很可能会被后人误解。”

他淡定地说：“不要紧，我四部写完，人们就会知道我的全部看法了。”

1978 年 6 月 13 日，他在北京病逝。他没有写完。

4

在影像小辑里，不期然间，我看到了李凖。那张照片一看就是摆拍的，是 1960 年夏天在北京出席第三次全国文代会，从左到右依次是：李凖、王汶石、柳青、杜鹏程。四个前辈里，同为河南人，我最熟悉的就是李凖，虽然我无缘见过他。想起他我就想起绍兴咸亨酒店里他的墨宝：“店小名气大，老酒醉人多。”还想起李凖传记《风中之树》的作者、文学评论家孙荪先生讲述的一则逸事：1982 年，李凖跟随中国作协的作家代表团到国外访问，他和团长一个房间。一天，他正在卫生间洗澡，忽然听到团长喊他，连忙就从澡盆里跳了出来，慌乱间脚下湿滑就摔了一跤。他对孙犁感叹说："团长又算什么呢？为什么不可以叫他等一等呢？我感到自己卑怯，我干吗慌成那样？"

1953 年，李凖发表了小说《不能走那条路》，一举成名。之后又有《老兵新传》《小康人家》《李双双小传》《龙马精神》等，这些小说紧跟时代，紧跟政治，紧跟中心运动，如鲜花着锦。孙犁如此评价李凖的 50 年代初到"文革"前的创作："如果说时代潮流是风，他则是随风摇曳的树。有句成语说，'树欲静而风不止'，他这棵树是宁愿随风而动的……是毫无置疑地拥护并实践文学从属于、服务于现实政治甚至政策，自觉紧跟时代潮流，随波逐流，进而推波助澜的。"

1973 年至 1976 年，李凖历时四年写出了电影剧本《大河奔流》。1978 年，电影上映，聚集了当时中国电影界最强大的阵容，却遭遇了惨痛的失败。原因很简单也很直接：作家正在埋头创作的时候，历史正在急转弯。

自此之后，李凖开始反思自己创作的经验和教训。他称自己的作品是短命的“运动文学”。他自我评判：“人未死，作品已经死了。”1996年，他在北京的虎坊桥寓所和孙荪说，有三个人的话自己一直忘不了：“一个是胡风。胡风说我在监狱里读了你很多作品，说李凖啊你写得太甜了。一个是沈从文，说李凖啊你写得太少了。还有河南一个作家，叫栾星先生，见到他，说李凖啊你的作品太紧跟了，有不少是速朽的东西。”

——想到柳青，我会不由自主地想到李凖。和文学前辈们谈到李凖，也会不止一次地谈到柳青。前两天，和一个朋友再次谈到这两位文学前辈，这个朋友突然说：“不能比。”

“谁和谁不能比？”

“李凖和柳青不能比。柳青从来就不甜。”

突然觉得，《风中之树》这个书名真好。每个时代都有风，微风，小风，大风，飓风，和风，冷风，龙卷风，萧瑟秋风，拂面春风……每个作家都是风中之树。“树欲静而风不止”，固然如是。风本身从来就不可能止。而树的年轮，也忠实地刻录了风的模样。

柳青是一棵树。

很多树淹没在了森林里。柳青没有。

他是一棵大树。

5

一个静静的午后，我翻阅着关于柳青先生的资料，读到畅广元先生的文章时，我停了下来，反复徘徊：“……《创业史》作为一部优秀的长篇小说，其审美认识的价值正在于它以独具的艺术结构、典型的艺术人物群像、深厚而又鲜活的不同阶层生活真实地描绘新一代社会角色的艰苦创业，把在建构性理性主义指导下进行的社会改造做了深刻的反映。不论今后人们怎样看待中国的这场农业合作化运动，他们真要获得特定历史境遇里的感性经验和当时实际的社会感觉，就不能不认真研究《创业史》。”

在大时间的意义上，梁生宝们已经被深深地镌刻在了时代的链条中，而他们的后代，新的梁生宝们也正被镌刻在时代的链条中。在吴堡的时候，我去了因《舌尖上的中国》的传统挂面制作而闻名遐迩的张家山，现在，挂面已经成了张家山的灵魂。这里每家每户每天都在忙着做挂面，教游客做挂面也是他们的一种日常营生。而在挂面的包装袋上，“张家山老张家手工挂面农民专业合作社”的字样赫然在目。我突然想，如果柳青看到这个，他会怎么想呢？人们评判《创业史》的时候，总爱用一个词，说是“特定的历史时期”，究竟什么是“特定的历史时期”？当下，2016年，是不是特定的历史时期？而柳青曾说：“每一个人都受到三个局限性：时代的局限性，也就是社会的局限性；阶级的局限性，也就是经济地位和社会地位的局限性；个人的局限性。这三个局限性谁也脱不开，我也不例外。”

——谁都不例外。我们每个人所处的这个时代，因为种种局限，都可以是特定的历史时期。在这个角度去看，写《创业史》的柳青，离我们并不远。尽管他如果活着，正好100岁。尽管他去世，已经将近40年。

记得中学时候写作文，总有一项老师规定必须训练的基本功，那就是摘抄名人名言，我们班的同学一定都会抄这一句：“人生的道路虽然漫长，但紧要处常常只有几步，特别是当人年轻的时候。”破折号后的名字，是柳青。那时候，我还不知道柳青是什么人。后来我知道他是个作家。等到我进一步知道他是个什么样的作家时，我才发现他还有许多更经典的语录。

比如：“我到这个世界上来，只有这一回，而且时间只有几十年。我不能与世沉浮，只能以十分稳健的步伐，脚踏实地地走这只有一回的路程。谁也不要想使我盲目跟他走，不管他是历史人物还是当代人。不是出于自觉，我不迈步，宁肯站着多看看，看得更清楚些。”

比如：“不要把我们的一切都说是正确的。实际上，我们一直都是在找寻正确的路。”

比如：“作家和作家之间最根本的差别往往不是文字技巧，而是在生活和思想上，同时也有意志的竞赛。”

还有：“一切都是暂时的，只有人民是永恒的。”

这最简短的一句话里，我又看到了树，风中之树。对树而言，所有的风都会过去。但是，树扎根的土壤，永远在那里。

谨以此文纪念柳青先生。

本文有多处分别引自《百年柳青——纪念柳青诞辰100周年文集》（陕西人民出版社2016年6月出版），《柳青纪念文集》（西安出版社2016年5月出版），《柳青文集》（陕西人民出版社1991年5月出版），刘可风著《柳青传》（人民文学出版社2016年1月出版），孙荪著《风中之树——对一个杰出作家的探访》（人民文学出版社2002年8月出版），一并感谢。

花楸橡树

——探访福克纳故居

陈　河

从 20 世纪 80 年代开始，我就有一个想法，以后要去福克纳故居看看。2012 年的春天，这个想法终于付诸行动。

通常情况下，我是到一个地方旅行，顺便看看名人故居。但这一回不一样，我是因为要去看福克纳故居，才设计了一条很让自己开心的旅行线路。我计划先从多伦多飞到芝加哥，然后沿着密西西比河乘灰狗巴士或者火车南下，一直到密西西比河入海口的城市新奥尔良，再沿着海岸线到休斯敦。

那次我到芝加哥后逗留两天，芝加哥大学里一个朋友知道我喜欢索尔·贝娄，带我看了好几处索尔·贝娄经常出没的咖啡店和书店。这位朋友还带我到了索尔·贝娄《寻找格林先生》小说里写到的那条草原街。这里还是黑人居住区，比小说里写到的大萧条时期还要萧条，很多房子变成了空无一人的鬼屋。我们不敢下车行走，只在车上看看，好像窗外有猛兽似的。

第二天，我坐上了灰狗巴士，前往了田纳西州的孟菲斯。当车子接近了这个城市，我看见了那一条有名的河流——密西西比河。我还是第一次看见密西西比河，但是心里却是有着一种那么熟悉的感觉。看着那汹涌的河水从青翠的两岸奔流而来，脑子里会出现《哈克·贝利芬历险记》里的许多景象，这些景象在少年时代都已在心里埋下了。但奇怪的是虽然对密西西比河的记忆来自马克·吐温，而此时我所想着的却是福克纳。我在河边似乎已经感觉到了福克纳的气息，在100多公里之外的牛津县他像一头冬眠的熊一样发出深沉的呼吸声。

第二天一早，我开着当地租下的车子前往福克纳的家乡牛津县。虽然距离只有一百多公里，却要从田纳西州开到密西西比州。从这个时候开始，我知道自己即将进入一个期待了很久的梦境里面。这个梦境只能持续一天多时间，然后就会过去。就像是一列火车一直向前要经过一个你期待已久的地方，但是在列车接近这个地方的时刻也就预示了离开。这一路上全是些庄稼地，有麦田、马铃薯地，也许还有些棉花田。我自己带了一个卫星车辆导航GPS，租来的车上也有GPS装置，所以很容易就到了我事先订下的旅店。这个地方和密西西比大学在一条大路上。在去看福克纳故居之前，我得先吃顿饱饭。我在街上的一个炸鱼店里吃了两份密西西比河的炸鲶鱼排，一边想着福克纳在《老人河》一书里写到了这种鲶鱼。

吃饱了肚子，我把车子整理干净，把GPS的目的地设定在事先查好的福克纳故居的门牌号，然后就信心满满地出发了。我很快从大路进入了岔路，到达一个丁字路口，看到左转是密西西比大学，而我要去的地方是右转弯。但是在右转弯之后，按GPS所指方向往前开了一段路，却是一条简陋的泥土路，而且是断头的。在这路边，只有几处简陋的农舍，根本不是福克纳的故居。我想也许加拿大带来的GPS不认得美国小地方的方向，所以就往回开，改用了租车上的GPS来导航。可是兜了一圈之后，还是回到了刚才来过的这条路上。这下我知道一定是哪里出了问题，只得去找人问路。这一路上都找不到行人，我把车子开到密西西比大学里面去，心想大学里总是能找到人的。

我在一个可以停车的地方把车停下。看到停车场上有个老师模样的人过来，便上去问路。那个人挺好奇，看我的车牌是田纳西州的。问我从哪里来？我说是从多伦多过来，在田纳西租的车。他又问我怎么会要去看福克纳？问我是记者吗？我说我只是个福克纳爱好者。

这个人告诉我，福克纳的故居离这里已经很近，如果步行可抄小路，五分钟就可以走到。不过开车要绕一大圈路。说着他还喊来一个同事，让他开车在前面带路，把我带到福克纳的故居去。

于是我跟着前面的车，开了一段路，到达了一片树林外面。前面的车停下来，告诉我福克纳故居就在树林里面。我谢过了他，把车停好。看到路边有一个福克纳故居的标志，上面写着 Rowan Oak（花楸橡树）。往里走，远远看见了两边是高大橡树的小径尽头一座白色的房子，这就是福克纳故居。

这时已是下午时分。这里安静极了，整片山林里只有我一个人，有许多的鸟雀在树林里鸣叫着。我不认得这树林里哪些是花楸树哪些是橡树，但觉得福克纳把自己的庄园取名为“花楸橡树”真是非常好听。我沿着这条小径走到了这座白色的房子前面，房子的门被一把简单的锁锁着，今天是周一，故居不开门，要到明天才会开放参观。这样的结果也不错，我可以先在“花楸橡树”外围转悠一下。我绕着外面油漆斑驳的白色房子，贴着门窗玻璃一个个房间往里看，总觉得屋子里面还有人在活动。过了一会儿，我转到屋子后边的草场上，那里好多附加建筑小木屋都不上锁的，主要都是马棚。有放草料的屋子、放农具的屋子，还有可能是放烧壁炉用的柴火房子。门口有几段用斧子劈了一半的柴火，但我不大相信会是福克纳自己劈的。我走了一圈，累了，就在福克纳家门口的台阶上舒舒服服地坐了下来。春天的太阳照在我身上，空气里满是花楸树和橡树的香气，这个时候，我有一种心满意足的幸福感。明天我还会再来，我再次给GPS输入了这里的地址，可系统还是没有找到位置。我看到了旁边不远处有一座不小的房子，和福克纳故居的地址只差一个号码。我把这个地址输了进去，导航系统马上显示出了坐标。于是我把这个地址保留下来，明天就不会迷路了。

第二天我早早起床，在晨曦中再次来到了“花楸橡树”。今天这里略微热闹了一些，有一个新泽西的老汉带了几个老太太过来在屋子外边转悠，还有一个看起来像个女作家或者诗人的女士也在马棚前溜达着。在上午九点，有个人走了过来，打开了故居的门，放我们进里面参观。屋里有三层，楼下的大房间是会客室，有不少福克纳会见客人的照片。楼上的房间是卧室和工作室。在福克纳的家里，我没看到什么奢侈品，和哈瓦那的海明威故居里都是张扬的毕加索画作、名贵的地毯、非洲动物标本完全不一样。给我留下印象的是，故居里摆设了一些福克纳生前喜欢的威士忌，以及烟草和烟斗，还有一段福克纳自己说的话，大意是他自己也就只是喜欢抽袋烟，喝点小酒。

凡是听过福克纳名字的人大概都会知道他只愿意写他家乡这一小块土地上的故事。从某种意义上来说，他的确就是个乡下人。福克纳的故居其实就是一个农舍，或者说是一个养马场。他在1930年稍微有了点钱之后，就买下了这一座房子。但当时还是很破旧的。他后来的写作挣来的钱都放在这处地产上，每年都做些整修。他还特别喜欢养马，据说他为了搞几个钱多养几匹马，还屈尊去好莱坞当了一段时间的电影编剧。密西西比州的夏天相当炎热，但福克纳却有个坏习惯，再热的天气也不喜欢用空调。为此他的太太一定是吃尽苦头没少抱怨。等他后来有了足够的钱，在屋子边上加建了一翼，整出一个带空调的卧室给太太单独使用（是不是违建不得而知）。这一点让我想起了自己用GPS死活找不到他的故居位置的原因，也许福克纳压根就不喜欢这些现代科技玩意儿。

离开了“花楸橡树”，我还要去探访福克纳的墓地。指南上说福克纳的墓在一块教堂墓地上，可找起来让我费了不少周折。我问过好几个人，但显然他们也不是很明白，每个人指的路都不一样。我最后问的是一个女大学生，她显然是知道的，告诉我应该走哪一条路。由于我之前已经走了许多冤枉路，对于密西西比大学周围的道路已有方向感，所以这一回我基本走对了方向。在找到墓地之前，我再次停车问了一个站在教堂外面的人。他指着路对面的一片墓地，说福克纳的墓就在那里，就在那树下。我手搭凉棚张望，还是看不见。那人只好站起身，带我穿过马路，指着眼前的一个墓碑说，这就是。我这时看见了墓碑上的确刻着 William

Faulkner 的名字。尽管我已经事先知道福克纳的坟墓非常简朴，但现在所见的还是让我感到惊讶，因为它太普通了，和周围的坟墓没有一点区别。墓碑前空空荡荡，只有一个好心人在他的墓前摆了个空空的啤酒瓶。我本来是想在路上买一束鲜花带上，但谁知道一路上根本没有鲜花店。我摸摸口袋里只有一盒口香糖，就抖出两颗放到了那个空啤酒瓶里。但愿福克纳不会为此生气。

两天后，我在孟菲斯坐上了 Amtrak 火车，前往南方的新奥尔良。福克纳早年就是在那里开始写作的。福克纳有句广为后人流传的话，他说作家最好的写作地点是在妓院的楼上。以我在牛津县所见，他说这话的地点不会在牛津县，因为这里是个非常保守的小城镇，不会有那么多的妓女。只有在密西西比河的入海口的繁华城市新奥尔良，福克纳才能找到这样的写作地点。而我现在要去的城市，正是他所说的那个迷人的地方。

铁巷里的宁静海

余泽民

一、铁巷，历史的遗迹

去找阿蒂拉，要逆行穿过一条时间的隧道。

他住在布达佩斯八区的铁巷里。那是一条不长的窄街，夹在大环路与小环路之间，是帝国时代的老城区。街里的房子大多有上百年历史，墙体很厚，门洞幽深，举架很高；由于年久失修，临街的外墙大多墙皮剥脱，斑斑驳驳，可以看到裸露出黑砖、电线、管道和松动的砂浆；有的门外墙上钉了两三块数字不同的门牌，或红或蓝或白或新或锈或宽或窄或高或低或并列着，显然是在不同的时代被钉上去的。不管人们留下这些牌子是出于懒惰，还是恋旧，毕竟留下了时间的痕迹，每块门牌述说着一段历史的结束或开始。

曾几何时，这片街区曾是一战前后新兴市民阶层的居住地，街里盖的都是豪华、宽敞的大公寓楼，许多人家里有比卧室还大的门厅，有的还特别设有窗子开向通风井的吸烟室。佣人的屋子有两个门，一扇开向厨房，一扇开向楼道或悬廊，后楼道里还有佣人的专用厕所。这条街里的房子大多建于19世纪末或20世纪初，不少楼内在二战前就已增设了电梯。如果留心细看，你能在这条街上找到巴洛克屋顶、新古典的门楣，还有分离派令人眼花缭乱、辨不清结构的繁复装饰。在老楼中间，偶尔夹着一两栋跟周围建筑格格不入的社会主义水泥楼，从楼层高矮就可以辨出：老楼的三层是新楼的四层……想来，那是在二战空袭中被炸掉房屋的废墟上建的，低矮，简陋，左右两边露出隔壁老楼的高大防火墙，灰头土脸，感觉像被两个大人夹着的孩子。人们通常认为，时光流逝，历史进步，其实未必；从这条街上的建筑上看，就是退步的。

铁巷里的每栋楼每个门洞每个窗口都在无声絮叨着百年的故事，有辉煌有破败，有家史有绯闻，有战争有和平，还有和平时代的刀光剑影。百年里，布达佩斯人经历了一战、二战和冷战，建筑上的许多细节已被浮尘和烟灰覆盖，窗台上鸽子屎日复一日地流淌、累积，形成一道道白色条纹，变得像石头一样坚硬。如果你仰着脖子在墙上找，很快就能发现零星散布或连成弧线的弹孔，有的水泥墙被打掉一块，有的砖墙被击碎一角，这些都是1956年10月巷战的记忆，血迹早被冲刷干净，弹壁仍睁着惊悚的眼睛。

那年的10月23日，爆发了一场震惊世界的自由革命。匈牙利人推倒了斯大林雕像，赶走了独裁者拉科西，改革家纳吉临危出任了几天总理，宣布退出华沙条约组织；但是苏联很快出兵，坦克横行，炮火轰隆，全城巷战，这就是我小时候从国内政治报告和领袖悼词里听说的“纳吉事件”。我在凯尔泰斯的《英国旗》里译过一段令人窒息的记述：“每辆坦克在继续行驶之前，都要射出一发——而且是仅仅一发——炮弹，似乎是要比一个万一可能浮现出来的闪念还要快。每辆坦克开炮的位置、方位和靶心都一模一样，就这样，一辆又一辆的坦克一连几天将炮弹射向同一栋年久失修了的、装饰派风格的居民楼一层的外墙上、窗户上和房间内的墙壁上，这个一天比一天逐渐扩大的窟窿，看上去就像一具尸首临死前惊惧张开的嘴巴，现在又被人逐个敲掉了所有的牙齿。”

我对这条街很熟悉，一是我打过工的一家华人报社编辑部就在铁巷隔壁；二是几年前我想买房，看过一套房就在阿蒂拉的楼上，那是一套在老楼顶上加盖的公寓，屋子很矮，墙体很薄，冬冷夏热，不过采光好，风景好，可以望到铁巷口那家百年的医院。

铁巷医院非常有名，被称为匈牙利现代外科的摇篮；罗列一下它的历史，你就能嗅出人类悲喜剧的气味：医院建于奥匈帝国的和平时期，最早成为帕约尔疗养院，早在 1913 年就对肿瘤病人进行放疗，一战时被改为战地医院；一战后匈牙利享受了十几年梦幻般的和平，这里发展成了全国装备最先进的外科医院；二战爆发，先后变成过战地医院、战俘医院、第 102 号红十字医院，直到 1946 年才又重拾旧名；1949 年被国有化，一度改为“希腊人之家”，专门接诊数以百计的希腊难民；有几年医院被腾空改为党校，几年后又重新改为医院；1956 年秋天爆发了自由革命，这里抢救了大批伤员；1989 年东欧剧变，匈牙利也改革实行多党议会制，铁巷医院成为了医学院的外科教学医院。一家医院的历史简直就是 20 世纪的欧洲史，从战争到和平似乎是进步，但也许只是历史轮回中的一个小环节。每次战后，人们都幼稚地以为不会再有战争，但遗憾的是，有人类，就有战争。

二、阿蒂拉的《宁静海》

当然，历史有大历史和小历史，战争也有大战争和小战争。我说的“小”，是指“个人的”。前几年我决定翻译阿蒂拉的《宁静海》，就因震撼于书里讲的“小”故事：

冷战时期，一套老式公寓里住着母子俩。母亲是一位性感，自恋，认为“在需要的情况下，一个人可以原谅自己的一切”的话剧演员，由于拉小提琴的女儿叛逃到西方，她即使向组织表示跟女儿决裂，也没逃掉“靠边站”的命运，于是15年足不出户，平时除了搜集过去同事的讣告、担心自己死后会被火化外，将所有的精力都用来监视儿子的一举一动，软硬兼施地控制他，反对儿子写作，假装心绞痛阻止儿子出门，由于担心失去儿子，宁可鼓励儿子嫖妓，也不愿让他找到爱情。尽管儿子每天将母亲反锁在家里，但实际他才是母亲的囚徒：他不仅要为母亲买面包、唇膏等一切琐碎物品，不仅要忍受母亲的歇斯底里、苦杏仁的体味和分分秒秒的监视，还要以被母亲象征性活埋掉了的姐姐的名义给母亲写信，并将母亲写的回信锁在抽屉里……大历史的冷战结束了，小历史的冷战变本加厉，儿子试图借助写作进行内心逃亡，但他无法逃脱15年里母子俩共同编织的憎恨与激情的蛛网。

“什么时候回来，儿子？”

“你去哪儿了，儿子？”

15年里，儿子每次出门、进门，都要回答母亲同样的问题，或者编织不同的谎言；15年里，在无数次“什么时候回来”和“你去哪儿了”之间，昼夜交替，四季更迭，政治剧变，东欧解体，乌托邦的桃源里建立起拜金的宗教，15次颁发诺贝尔奖，300颗人造卫星发射上天，三种亚洲语言被宣布为死亡语言，3000名智利的政治犯在矿难中销声匿迹；15年中，这个衰败家族的最后两名成员之间，只有日趋变态的情感纠葛勉强维系。阿蒂拉的文字有骇人的力量，用真得不能再真、细得不能再细、狠得不能再狠的笔触记录下一切，犹如摄像机镜头，不仅记录下人物和事件，还连同许多乍看上去可有可无的细节一起记录下人物内心最暗处的纠葛，每一个细小的情节，后来都会引发令人惊愕不已的结局，每一个出场的人物，都会在揭示主人公的命运中起着直接或间接的作用。摄影机的镜头缓慢移动，每移动一寸，向人们展示的内容都出人意料，且并不由于出人意料而不可信，再极端的东西都在人性可能的情理中，他用丰富的层面呈现出冷战中的东欧社会悲凉、边缘、孤独、无助的生活景象。

三、拜访铁巷里的阿蒂拉

阿蒂拉的全名是巴尔提斯·阿蒂拉，我第一次见他是在照片上。2004 年的一天，我去安德拉什大街上的作家书店，目光被架上一个封面吸引了——要知道，我属于那类会因封面买书的读者。封面上是一只睫毛清晰可数、眼白血丝可见的女人的眼睛，犀利，冷艳。后勒口上有张黑白的作者像：背景阴暗，一束光打在男人的左脸上，另一侧隐在灰影里；男人胡茬粗硬，脸上有颗明显的黑痣，脖子上挂着一根皮项链，嘴角斜叼着一支燃着的烟卷。头稍稍右偏，眉头微皱，戴着眼镜，用一副怀疑、警惕、厌世并带着挑衅的眼神看着读者。

从那张俊酷、狡黠、令人不安的脸上，散发出某种毁灭的气息和潜伏的残忍。

我见到阿蒂拉本人，是在2011年中文译本出版后。他住在铁巷大街一栋很旧很结实的老楼里，大门口的门铃上写的是他已故父亲的名字。按门铃的一刹那，我感到时空错乱。

阿蒂拉的父亲是位作家、诗人和记者，出生在罗马尼亚的匈族区，曾在齐奥塞斯库统治时期五次被捕，第一次被指控犯有叛国罪时只有13岁，年仅20岁就以反革命罪被判处死刑，后改判有期徒刑，在监狱里度过了10年的光阴。出狱后，举家被流放，1984年被注销罗马尼亚国籍并驱逐出境，带着儿子逃难到布达佩斯。阿蒂拉的母亲已在父子俩逃亡的前一年病逝。

推开沉重的黑漆大门，走进暗凉的大门道。阿蒂拉家的门开在楼梯拐弯处的平台上，相对清静而独立。屋门打开，两米多高的作家站在门口，瘦削，刚硬，浓密的头发梳向脑后，两腮留着青皮胡，比书上作者像上的愤青样子更睿智更成熟也更男人一些。

房间里的光线很暗，临街的大窗不仅灰蒙蒙的，而且在窗玻璃的四周还贴满了不透明的米黄色胶带，感觉已有许多年不曾打开。两面墙上是直通天花板的书架，架上桌上地板上都堆满了书，其他的墙上挂满油画，从晦暗的色彩和沉实的风格看，怎么也得是一个世纪前的作品。客厅的一角是方桌方椅，靠窗的一角横着一张笨重漆黑的旧写字台，另一角的矮柜上摆满了烟斗，多得感觉像在办展览。这套屋子与其说是住宅，不如说是博物馆，吸引我的是挂在墙上的一把小提琴，像一个符号，让我联想到书中叛逃的女儿作为遗产继承的那把名琴，以及书中描绘的那个死气沉沉的家。

未等我开口，阿蒂拉就向我解释："有个记者来这里采访，我花了半个小时跟他解释，《宁静海》是在这里写的，但这里并不是女主人公的家。我妈妈更不是小说中的母亲，她在我 13 岁时就过世了，没有当过话剧演员，更没有那种专制的倾向。"不过，他也提到一个似曾相识的细节，他有过一个早夭的妹妹。妹妹死后，他母亲再也不拉小提琴了。

“那你怎么想起写这部书的？我指的是，这种母子关系，有没有自传色彩？”

“我首先设想出这样一种关系，之后顺水推舟地写下去，这本书可以说是自己形成的。”他说，“永远不能把纪实文学跟虚构小说混为一谈。当然，如何将真实的元素渗透到虚构中去，那是另外一回事。不存在那种与作家体验无关的虚构作品，而渗透进多少或以什么方式渗透到文字中去，那并不重要，因为不管怎么样，它都会建立一个有着独立的自身法则的世界。在一句话或一段话里，完全可以用十分特别的东西建造另一种世界，但是这并不等于说，可以跟现实相混淆。至于书里的母子关系，坐到写字台前才知道的。我在写字台前经历了那一切。”

我朝窗台前斜摆着的那张宽大笨重的黑色写字台望了一眼，仿佛看到了一个舞台。不过，不管他怎么解释，我还是感觉作者的面孔跟书里儿子的脸是重合的，想来，一部真诚的作品肯定是作者内心的造影。阿蒂拉当逃亡者时，是15岁的少年；书里儿子的内心逃亡，大概也从这个年纪开始的。

屋里到处都是书架，一半书是父亲的遗物，另一半是儿子将留给孙辈的遗产。里屋正对门的那面墙上，挂了四五幅风格各异的油画，其中有一幅很大很显眼，画的是一个长着狼头、有翅膀的神秘裸体。他说这幅画是他自己画的，我问这幅画叫什么，他没有直接回答，而是说："每个人身上都有魔鬼和天使。"

在另一面墙上挂了一块巨大的黑布，这里是阿蒂拉的"摄影棚"。原来他年轻时读过两年摄影专业，后来一直没有放弃。据说，最近10年，他只在室内拍一个女人——他现在的画家情人，我猜，这里是主要拍摄现场。我告辞之前，他支上相机，邀我一起自拍了一张合影。于是，我俩坐到那块黑布前，坐在一张黑漆的床边……我很喜欢这张合影，气氛、感觉都很特别，仿佛在另一个我们都未出生的旧时空里，想来现在的人很少拍这样的合影，很少下意识地摆这种姿势。我跟他说："下次我再翻译你的书，得把这张放到书里，因为我跟你是合著者。"

上周，他又约我去他家，并告诉我他马上要去柏林，他拿到了一笔奖学金，可以不用为生计发愁地写作半年。他说，他明年一定要完成手头的这部小说，写一位摄影师的故事，而且，这本书里将出现中国元素。

爱丽丝·门罗与故乡

王　芫

1931 年 7 月，爱丽丝·安·莱德劳——几十年后以爱丽丝·门罗闻名于世的女作家——出生于加拿大安大略省休伦县文海姆镇。文海姆镇离加拿大最大城市多伦多只有两个小时车程，但因为加拿大北部寒冷，这个国家适宜居住的地区基本上沿着南部国境线一字排开，所以文海姆镇几乎可以算是有人之境的边缘地带。根据 2011 年加拿大人口统计数据，文海姆镇的常住人口是2875人。该镇的邮政编码是N0G2W0，本地人自嘲地说：这是因为没有人要去文海姆（No One Goes to Wingham，Ontario）。

就在这么一座不到3000人的小镇上，也有中心与边缘的区别。读过爱丽丝·门罗作品的人，多半都会注意到这么一幢房子，这座房子的独特之处就在于它夹在两个世界之间。站在那里向东看，房子越来越密，越来越整洁。当树叶落光之后，还可以看见教堂的尖顶和镇政府的塔楼；但从那座房子往西看，只能看到大片的农田，以及远处小山顶上的另一座房子。那座房子十分遥远，几乎位于从这里到地平线的中点。一幢夹在两个世界之间的房子，是爱丽丝·门罗作品里反复出现的经典符号。它有时属于故事的叙述者，影响着叙事人的视角；有时属于故事的主人公，影响着主人公的选择、决策和情节的走向。

在2006年出版的作品集《岩石堡风景》（*The View from Castle Rock*）里，爱丽丝·门罗告诉我们：她自己就出生于这样一幢属性模糊、位置尴尬的住宅里。这幢住宅位于文海姆镇维多利亚路的尽头，爱丽丝·安·莱德劳在那里一直生活到18岁。

2014年夏天，我受译林出版社之约开始翻译《岩石堡风景》。2015年夏天，在翻译接近尾声的时候，我终于来到休伦县文海姆镇，亲眼看到了这座影响了爱丽丝·门罗一生的房子。出乎我的意料，近一个世纪过去了，眼前这座红砖房子仍然是维多利亚路上的最后一幢。换句话说，80多年的时间里，文海姆镇没有在这个方向朝外拓展一英尺。变化也是有的：房前的土路已经变成了柏油路，汽车可以顺畅地开到这里；从这座房子往西看，首先看到的是一片防风林，透过树木之间的空隙才可以看到一望无际的刚刚收割过的玉米地；没有看到那座传奇的位于小山顶上的房子。

熟读门罗作品的人，都会知道"9英亩"是休伦县农庄的标准大小。而这个标准，是在19世纪休伦地块（Huron Tract）公开发售的时候按照当时的农业管理水平而制定的。爱丽丝·安·莱德劳的父亲曾经在一篇文章里写道："在我生活的年代，乡村景观基本上没有脱离拓荒者在三百年前开创的格局。各家的围栏虽然经过多次整修，但毕竟不曾挪过位置。”[①]

我眼前的这座房子，便依然矗立在一座9英亩的地块上，该地块面向维多利亚路的边界上立着锈迹斑斑的金属板做的围栏，朝着玉米地的方向则是敞开的。院子里停着几辆报废的汽车，最远的角落里有一间既像仓库又像车间的简易房。记得门罗曾经写过：她的故居卖给了一个开汽车修理厂的人，看来现在的房主仍然是开汽车修理厂的，可是谁会到这么偏僻的地方来修车呢？我向前走了两步，车间那边似乎有个人闪出来察看了一下。我留神着自己的脚步，既不要侵犯私人领地，又能最大限度地接近房子。我看到新主人在房子背面接出了一截，这一截房子的外墙是用新式的护墙板来装饰的。这与我从报纸、网络上看到的爱丽丝·门罗故居很不一样——那些照片都通过正面取景巧妙地挡住了这一截新工程。

① 引自《岩石堡风景》中的《信使》。

我想起门罗在另一篇文章里写到她的堂叔、堂婶们仍然保存着莱德劳家的男人在莫里斯镇盖的第一座木头房子。“当然，他们后来又在老房子的基础上陆续搞了许多扩建工程，所以你才会在那所房子内部看到许多转角和奇怪的小台阶。这虽然会让你晕头转向，倒也趣味盎然。”①

站在爱丽丝·门罗的故居前，我脑海里闪过的全是她的文字。有一瞬间，我觉得自己很可笑，从加拿大的温哥华飞到美国的芝加哥，从芝加哥租车开到多伦多，再从多伦多开到文海姆，一路奔波，却并没有从亲眼得见之中获得新的认知。我不甘心，沿着门罗故居的地界来回踱步，试图让我的“到此一游”物有所值。

1931年7月，爱丽丝·安·莱德劳便出生在我眼前的这幢红砖房子里。她的父亲名叫罗伯特·莱德劳，母亲在结婚前姓克拉克。姓莱德劳的这一家人是在1818年从苏格兰移民到加拿大的。他们移民的目的是获得

① 引自《岩石堡风景》中的《信使》。

土地。罗伯特·莱德劳的父母拥有自己的土地，但他们希望唯一的儿子能成为一名医生、律师或者工程师。从物质生活来讲，拥有土地的农民未必会比生活在城市里的职业人士更贫穷；从精神世界来讲，当时的城里人和乡下人之间互相瞧不起，并且各自都有充足的理由。“在那些日子里，城里人普遍认为乡下人更木讷、更笨嘴拙舌，也不够文明开化；乡下人都是老实巴交的，尽管有把子力气。乡下人则认为城里人过着游手好闲的生活，缺乏韧性，不能自给自足，也做不来艰苦的工作，碰到难关一准挺不过去。其实，那年头城里人也是干得多挣得少（无论是在工厂还是在商店工作），镇上的许多房屋里也是没电，没自来水，没抽水马桶。但城里人会在星期六或者星期三休息半天，还能在星期日休息一整天，仅这一条就足以令他们意志软弱。”[①]综合起来说，一个人从乡下来到城市，并不意味着向上爬了一个阶层，而仅仅意味着换了一个世界，换了

① 引自《岩石堡风景》中的《劳碌一生》。

一种活法。

罗伯特·莱德劳天资聪颖，在乡村小学里表现出色，于是父母把他送到镇上去读中学。所有的人都认为他会沿着这条道路一直走下去，但罗伯特·莱德劳却铩羽而归。爱丽丝·门罗记述了几件小事，其中一件事是老师让大家去买“科学记录纸”（science note paper），罗伯特来到镇上的文具店，向店员要“信号雪纸”（sign snow paper）。这类在别人看来可能微不足道的小事，却让罗伯特觉得自己受到了嘲弄。他感觉不适应，一来二去便退了学。门罗在分析父亲的性格时写道：“他内心骄傲，外表却可以十分谦逊。骄傲令他既胆怯又易怒，随时准备着彬彬有礼地退出……他喜欢把自己弄得十分神秘，将自己的原则和秘密以令人费解的方式结合在一起，为的就是拒人于千里之外，从而保护一些根本不存在的东西。”[①]

就这样，罗伯特·莱德劳没能走出农村。尽管进城

① 引自《岩石堡风景》中的《劳碌一生》。

并不意味着成功，但中途退却，至少也意味着没有能力改变自己。再说，罗伯特·莱德劳又并非典型的乡下男孩，他的内心既敏感又躁动，不像乡下人那么稳健、务实。1925年，罗伯特买了一对银狐，开始以养殖狐狸、出售毛皮为生。他用这种方式解决了自己的身份困惑：既不必前往城市，也没有回归常规意义上的农民。罗伯特的狐狸吸引了一个年轻女子前来参观。“她一下子就被狐狸吸引住了，并非如他母亲所理解的，是假装对狐狸有兴趣，实际意在勾引她儿子。”[①]

这位名叫安·克拉克的女子来自一个真正贫穷的家庭。她精力充沛，野心勃勃，执拗顽固，完全靠着自己艰苦卓绝的努力成为一名教师。而她之所以停留在教师这个职位上，仅仅是因为在那个年代，当教师已经是穷人家女孩子的最好出路。“她工作努力，受人欢迎，但她清楚地知道自己尚有一部分潜能，无法在教师这个岗位上发挥出来。她天生善于发现机会，有挣

① 引自《岩石堡风景》中的《劳碌一生》。

钱的天分……看着眼前的那几只狐狸……她看到的是一个新工业，一个发财致富的机会。她已经存了一小笔钱。她热切地要买下一个地方，让我父亲的事业启动……她成了我的母亲。”[①]

安掏钱买下的这个地方，就是我眼前这幢位于文海姆镇边缘的 9 英亩农庄。罗伯特 · 莱德劳在这里建立起了自己的养殖王国，鼎盛时期曾经养过 200 多只狐狸。然而罗伯特的生意始终挣扎在生存与死亡之间。个中原因，在爱丽丝 · 门罗看来，主要还是因为时机不对：先是“大萧条”，然后又是二战。钝刀子割人的感觉大概比一夕之间灰飞烟灭的感觉还要难受。有那么几年，出售皮草的收入比起务农来还算是好的，但在半死不活的境况下勉力维持了十几年之后回头一看，坏年景毕竟还是比好年景多。

爱丽丝 · 安 · 莱德劳从一出生，面对的就是摇摇欲坠的家族生意，时好时坏的经济状况。直到她上了高中，

① 引自《岩石堡风景》中的《劳碌一生》。

父亲终于不得不结束生意，然后在镇上的铸造厂找了一份保洁员的工作。爱丽丝的母亲虽然心比天高，但命运不济，做生意的才华只得到了昙花一现式的展露，然后就患上了帕金森病，渐渐失去了行动能力。父母的性格反差，令敏感的爱丽丝从小就深受折磨。爱丽丝·门罗的女儿席拉·门罗曾经在回忆录里写过这样一件事：爱丽丝上小学时，安曾经逼着她去社区中心学滑冰。爱丽丝是个内心细腻、动作笨拙的孩子，特别害怕当众摔倒。每当她在冰上摔倒，她就会用哀求的眼神望着父亲的方向，但父亲总是扭过头去，假装看不见。爱丽丝·门罗告诉自己的女儿，这是因为“他不想知道世界上还有跟他一样的人存在”[①]。

就这样，那一座红砖房子便成了这家人力不从心的具象表达。安尽一切努力让自己的孩子摆脱这一尴尬处境。加拿大的小学都是就近入学，爱丽丝·莱德劳的家从地理位置看，离一所乡村小学更近，但安去镇上

① 引自席拉·门罗《母亲与女儿的生活》（*Lives of Mothers and Daughters*）。

据理力争。最终，镇上的小学同意让爱丽丝入学，但要求她家补交一笔税款。

于是，小小年纪的爱丽丝·莱德劳便每天徒步1英里多去上学。“沿着这条路往镇上走，房屋会越来越稠密，一条囫囵的土路会渐渐分出行车道和人行道，走到最后，你还会看到一盏孤独的街灯。”[①]就在这样日复一日从乡村到城市，再从城市返家的行走中，爱丽丝·安·莱德劳产生了强烈的逃离的渴望，同时也为日后的爱丽丝·门罗找到了一生的写作主题。

爱丽丝·安·莱德劳想要逃离的到底是什么呢？在我看来，她想逃离的并不是地理位置上的乡村（晚年的爱丽丝·门罗选择回到离故居不远的克林顿镇居住），而是乡土社会的人际关系。爱丽丝·门罗在评价母亲的商业成功时写道：“这样一个女人，与自己的婆婆时有摩擦，跟整个婆家都处不好关系，被邻居们认为端着架子，被镇上教会里的女人们认为过于争强好胜，却

① 引自《岩石堡风景》中的《劳碌一生》。

在一个陌生人组成的世界里，如鱼得水，宾至如归。”[①]所谓“陌生人组成的世界”，就是建立在商业交换基础之上的都市。

爱丽丝·门罗提到母亲时语多刻薄，但在我看来，她对“环境定义个体”的厌恶，实际是遗传自母亲一方。熟人社会最大的问题，就是不给个体留出精神成长的空间。在文海姆镇上，一个人不能为散步而散步，“除非是一些上了年纪的拥有产业的男人，昂着头走来走去，巡视、批评市政项目”[②]；这个社会崇尚务实和稳健，“如果你为了拿毕业证书而不得不学习文学、历史与地理，那么你应该在毕业后尽快将其忘掉”；这个社会最大的问题就是党同伐异，“每次语文书一发下来我就会一阵狂翻，我要在全班同学都读到并且鄙视那些诗之前，抢先发现它们。无论在家还是在学校，我都必须对自己的嗜好严防死守。一旦泄露，我将受到永无止境的

① 引自《岩石堡风景》中的《劳碌一生》。

② 引自《岩石堡风景》中的《出路》。

攻击和嘲笑。尽管，在某种程度上，我已经或多或少成了大家的笑柄”[①]。

但另一方面，尽管爱丽丝与家乡人的精神气质格格不入，她又毕竟是罗伯特·莱德劳的女儿，她继承了父亲“内心骄傲，外表却可以十分谦逊”的性格。为了应对环境的压力，融入社会，她形成了一种冷峻、犀利、不动声色的表达方式。“我喜欢传播新闻和闲话……我在过程中学会了掌握分寸，不会因为太尖刻或者太粗俗而遭到斥责，也不会被人警告：太聪明了对你不好。我已经熟练掌握了一种不动声色，甚至是一本正经的风格，能让人们即使明知不妥也会情不自禁地笑出声来，从而无法判断我到底是出于无心还是出于恶意。”[②]这一段话谈论的是她少年时代的口语风格，实际上也概括了她作为一名作家的书面语言风格。

爱丽丝·门罗获得诺贝尔奖后，文海姆图书馆改

① 引自《岩石堡风景》中的《苹果树下》。

② 引自《岩石堡风景》中的《父亲们》。

名为爱丽丝·门罗图书馆。在图书馆一角，有一个小小的展示柜，柜子里摆放着若干张照片，照片上呈现的是文海姆镇的标志性景物，照片下方则配有从门罗作品里摘下来的句子。比如在钟楼的照片下面，配的是这样一句话："带钟楼的邮局，方正，有用，一副就事论事的神态。"即使对门罗一无所知的人，都很难从这样的措词里读出对家乡的赞美，若是了解门罗，定能会心一笑。这就是爱丽丝·门罗的风格，她不会直截了当地说：这是一个多么闭塞、守旧、令人窒息的地方啊！我要逃离！我要穿过大半个加拿大去睡你。

爱丽丝·门罗与家乡的关系就是这样尴尬又复杂。2013 年门罗获得诺贝尔奖后，《多伦多星报》发表了一篇文章，题为《爱丽丝·门罗从哪里找到她的故事》。文章中谈到：一位来自门罗家乡的女士告诉作者，自己的母亲当年读过门罗的小说后，认为"爱丽丝·门罗应该为自己感到羞愧"，理由是她写的既不是小说——我们能认出书里的每一个人，又不是纪实——书里的每一个人都比实际要坏。

文中还记述了一个比较极端的例子：门罗有一篇小说《死亡时刻》，写到一个婴儿被开水烫死的故事。而在1939年，文海姆镇曾经发生过一个18个月大的婴儿被开水烫死的事故。《死亡时刻》在20世纪60年代发表后，死去婴儿的母亲几乎精神崩溃，婴儿的父亲则带着枪来找门罗的父亲，要求门罗承诺不再写家乡的故事。

死者家属认为这个小说写的就是他们家的事儿，因为很多细节都一模一样，比如给烫伤的婴儿脱衣服时连带着揭下了一层皮。但作者对婴儿父母的指责却是不实之词。她把婴儿母亲写成一天到晚不着家的女人，把婴儿父亲写成了酒鬼。在门罗笔下，这一对夫妻变成了一对“垃圾白人”。这些并不符合事实，给他们整个家族造成了极大的痛苦和伤害。

《死亡时刻》的故事非常简单：四个孩子的母亲莱奥纳到邻居麦吉太太家借缝纫机给大女儿帕特里夏缝一件演出服。帕特里夏今年9岁，从3岁起就在镇上公开演出，是本地的童星，被称作“梅特兰山谷的小甜心”。母亲临走时嘱咐大女儿照看好三个弟妹。弟妹各自玩儿各自的，帕特里夏无所事事，于是烧了一桶热水，打算好好擦擦地板。家里脏得像猪圈，帕特里夏希望自家能像邻居麦吉太太家那么整洁。她见过麦吉太太就是这么擦地板的。18个月大的弟弟打翻了热水，被烫死了。

婴儿被烫死后，母亲莱奥纳痛不欲生，一遍一遍地狂叫：“不要让我看见她！我一辈子都不要看见她！（指大女儿帕特里夏）”过了几天，母亲从悲痛中恢复过来，又开始给帕特里夏缝演出服。帕特里夏如期登台演唱。镇上的人们都说：“这可真是个好孩子，可惜了生在这样一个家庭里。”

我从《死亡时刻》中读出的，仍然是“逃离”的主题。这是门罗一生从不同角度反复抵达的主题。《死亡时刻》是从“精神逃离的惨痛代价”这一角度来写逃离。同样属于这个角度的，我还能举出另一个例子：《多重空间》（收在门罗小说集《幸福过了头》）。在《多重空间》里，

16 岁女孩多丽嫁给了人到中年的劳埃德，并在婚后迅速生了三个孩子。劳埃德年轻时做过嬉皮士，反感现代文明，不许多丽出去工作，也不许孩子们外出上学。一个偶然的机会，多丽结识了知识女性麦琪。劳埃德反对多丽与麦琪交往，他认为麦琪早晚要拆散他们的婚姻。有一天，多丽在和劳埃德发生争吵后跑到麦琪家去哭诉。等多丽回到家，发现劳埃德已经杀死了三个孩子。劳埃德的解释说：他们的妈妈早晚会抛弃他们，我应该尽早结束他们的悲惨生活。劳埃德被鉴定出患有精神疾病，于是被送往精神病医院。多丽经过一年多的心理治疗，感觉自己能够重新面对劳埃德了，于是便利用工休日，坐上长途汽车去探望他。每次见到劳埃德，多丽翻来覆去只有一句话：她只是到麦琪那里借住一个晚上而已，她根本没有打算抛弃孩子。

然而，敏感的读者一定能从多丽的反复否认中（同样地，从莱奥纳的歇斯底里中），读出惊心动魄的心理真相。无论是多丽，还是莱奥纳，还是帕特里夏，她们都有过逃离的闪念，只是在她们自己尚未彻底觉醒的时候，悲剧就已经发生了。她们是在悲剧之后才对自己的精神逃离产生了若明若暗的觉察，从而无限追悔。

只是，这种烛照人性幽微的表达方式，无法被非文学读者领会。在热爱门罗的家乡人中，有一位热心为她辩护的民间历史学家。她通过大量研究指出：在休伦县的历史上，曾经发生过两次婴儿被开水烫死的事故。第一次发生于19世纪80年代，第二次发生在1939年。没有证据表明《死亡时刻》所描写的，一定是晚近的这一次事故。

门罗家乡报纸上还记载过这样一件趣事。有一次，几位热爱门罗作品的家乡人举办了一次茶会，邀请门罗前来喝茶。门罗来了之后，大家又表现得非常拘谨，因为人人都担心门罗事后会写到他们（结果并没有）。

爱丽丝·安·莱德劳最终还是靠接受教育改变了命运，实现了对家乡的逃离。在回忆高中最后一年的一场考试时，她写道：“这对我来说是一场命运攸关的考试。时至今日，每当走进凉爽明亮的春夜，感觉到新芽正在树枝上萌发，我都能回忆起当年那场命运之战如何令我蠢蠢欲动，我的野心如何像新生的树叶一样，在料峭春寒中既蓬勃向上，又瑟瑟发抖。”①但逃离是一趟没有终点的旅程，以逃离之姿走上人生道路的人，永远对自己的现实处境抱有怀疑与犹豫。

想到这里，我抬起头，看看眼前的红砖房子，看看西边的防风林，再看看停在维多利亚路上的满是尘土的挂着“伊利诺伊”车牌的日产车。那辆车是我从芝加哥一路开过来的，目的是要重温爱丽丝·安·莱德劳的曾曾祖父当年的足迹。②然而，我真的有必要“到此一游”吗？

那座“方正，有用，一副就事论事的神态”的钟楼，如今改成了文海姆纪念馆。馆内有一个角落，常年展示与爱丽丝·门罗有关的文物。在前来寻访门罗故居之前，我曾经在纪念馆里用了一上午的时间翻看剪报。记得

---

① 引自《岩石堡风景》中的《劳碌一生》。

② 见《岩石堡风景》中的《伊利诺伊》。

有这么一篇文章，题目是“如果你来自文海姆，你最好不要读门罗”。套用这个句式，我想给自己的门罗故乡之旅作个总结：如果你喜欢门罗，你不必非要来文海姆。

因为，门罗想告诉我们的一切，都已经写在了她的作品里。

一切诚念终可相遇

陈丹燕

现在有谁知道约翰·丹佛？一个20世纪80年代红遍中国大陆的美国歌手，声音清亮，如那个手艺时代的末期的乡村歌手那样，唱歌时只伴随一只吉他，也自己写歌词，歌词大多诗意而且干净，甚至都没有沮丧，最是那个时代的古意旧情。中国走向共和的这一百多年来，时间湍急而下，即使在我这样偏安简单的个人生活里，回首一望也已在烟尘滚滚之外了。

我和太阳在美国西岸的一号公路上，从旧金山一路向圣芭芭拉城而去，一路都沿着太平洋的海岸线。到了蒙特雷，提起约翰·丹佛来，那里的人都以为我是因为他死在这里，才记起来他的。而我却是到了卵石海岸上，才知道他正是死在这片大海里，和他唱的那支《乘喷气机离开》一样，他死于两人座小飞机失事。说到当年的约翰·丹佛在中国大陆，我的年轻时代，代表着一个晴朗辽阔又深情清爽的美国，有谁知道？

太阳手指飞动，在手机上查了，然后微笑着订正道："事故发生在十八年前哦，妈妈。"

"这么快。"我心里喊。我在上海的报纸上知道丹佛死于飞机失事，那时我已不再经常听他的歌了。成年后的生活，时间飞速遁去，变化劈面而来。我好像一直都乘坐在喷气式飞机上，拉断无数云朵向前。我已不用卡带听歌，放黑胶唱片的功放坏了，所以黑胶也不听了，人是越来越懒惰，在互联网上找歌，似乎方便多了，播放自己喜爱的音乐好像也不再有仪式感了。丹佛过世的消息，曾好像一阵风吹过那样，吹过了长出一层稀薄霉点的旧唱片。

这次旅行，太阳已不是要在书包里放好妈妈地址电话为走丢时备用的小孩，她长大了。她成长中的那些暑假，清空书包，装上依云水和防晒霜、小照相机，以及一张写好妈妈电话和名字的字条的暑假旅行已经结束了。从她9岁时的纽约城，11岁时的魁北克和东京，14岁时的内华达与圣莫妮卡海滩，16岁时的芝加哥，19岁时的曼谷，20岁时的巴厘岛，22岁时的夏威夷，23岁时的哥斯达黎加，我们一路走来，她渐渐成为我的旅伴，然后，是向导和管家，以及分享者。太阳在自己手机里一个老歌App（应用程序）里找到丹佛的歌，插到车里，顷刻之间，他的歌声就淹没了阳光灿烂的小小车厢。早已消失在上海城市改造中的上海市政府大礼堂仿佛出现在西海岸下午晃眼的剧烈阳光里，丹佛演唱会的那个晚上，我的座位在楼上，远远望着木头舞台中央的那个金发美国人，他带着一副又大又圆的学生眼镜，好像我书包里自己的那副。他唱了一首又一首，那时还讲究旋律，他简单抒情的旋律正好契合那个时代的中国，那对深情的信仰和真爱。

丹佛那天唱了他专门为上海之行写的《上海微风》，我记得那是第一次听到有人提起上海的时候，提到了它老城微风的温柔和旧意。要是我没篡改自己的记忆，那天礼堂里的人都站了起来，在《上海微风》的歌声里，台上台下一派融和。

太阳听了点点头，“啊，这是小时候在家总能听到的歌声，原来他就是丹佛”。然后她告诉她的男朋友北德，在我们五原路的家里，常常她放学一开大门，就是妈妈在连着一个书架的写字桌前打着字，拖鞋放在一边，赤着脚，妈妈背影前，便是一个声音在吉他声里，唱着歌。她到了美国后，才发现许多歌她都会唱，“原来我是小时候听会了的”。

就像我少年时代靠着和同学交换旧书看，居然也读过了许多 19 世纪的欧洲文学名著。到了修欧洲文学史时，我也发现自己竟然读过了教授书单里大多数著作一样。

到了蒙特雷的海岸线上，我和太阳爬到沿海的大岩石上坐下，我们眼前那片闪闪发光的大海，就是约翰·丹佛的葬身之地。这是世界上最优美的海岸之一，此时岩石和峭壁统统笼罩在夕阳金红色的光辉中，令人感动。一个人有机会越过岁月与大洋，终于有机会来向自己年轻时代被打动过的歌手致敬，这算是有福分了吧。我身边还有自己的孩子，她少年时代即离开了家，但丹佛的歌声帮她将家的回忆保存起来，我们还能一起来探望他最后消失的地方，这一定就是福分。

《上海微风》里唱道："虽然我离你万里，但你却在我心里，而且一住就是长长久久。"当我年轻时听丹佛亲口唱出，那时我以为这就是一句歌词。如今和我的孩子一起面对丹佛乘坐的飞机失事坠落的海面，我刚刚发现有些歌词，对有些人有些地方有些时刻，就是预言。

辽阔的北太平洋正轻轻翻滚，准备迎接太阳的堕入。

"这里的太阳落下了，在太平洋的另一端，也许是日本，也许是上海，太阳就要升起来了，总是同一个太阳。"我们面向大海计算着经度和纬度，现在有谁还能记得丹佛为上海演出写的那支歌的歌词？那里曾有过一模一样的句子，就像他当年站在卵石海滩上看过日落，然后专为上海人写的。他怀抱吉他的身影仿佛就在眼前，他清亮的声音还未从耳畔跌落。“令人难以置信，你似乎就在对门，可你已在世界的另一端。”

在壮丽的17英里的海岸边，我们车里一直播放着丹佛的歌。这次我听到了更多丹佛的歌，我第一次听到他翻唱甲壳虫的*Let It Be*。如今听来，就好像他隔着18年前的生死，安慰他上海的歌迷——一切诚念终可相遇。

现在有谁记得我知道的那个约翰·丹佛？

这次我们借住在一户住在卡梅尔山谷里的人家，主人40多岁，叫布莱特。早晨我起来做茶，看到客厅里满书架都是黑胶唱片，桌子上有一架80年代世界盛行的日本唱机，唱机盖子是有机玻璃的，机身是银色的，唱机上贴着一些泛了黄的贴纸，摆出孩子气用力而疑惑的审美。听到动静，布莱特过来了。这些现在看起来都是古董的东西，都是布莱特少年时代的。

布莱特用手指抚摸了一下唱机盖子上早已死死粘在有机玻璃上、再不能轻易撕下来的贴纸，“我中学时候喜欢到处都贴贴纸”。

北德问了句：“那你可有约翰 · 丹佛？”

问得布莱特一愣，他长长地“嗯”了一声，“啊，我还真的有吧。约翰 · 丹佛。两三年前死在我们前面的海里的，就是那个约翰 · 丹佛吧”。说着他去书架上翻唱片，果然翻出一张来，他说大概十多年来都没听过的丹佛精选集。他打开唱机，我闻到一股只属于黑胶唱机时代的电器的气味，一股电子管和焊接熔锡，以及墨绿色绒布垫衬的气味，我年轻时代音乐即将响起的气味。我又感受到心中的那种期待，在听音乐需要更多时间和更多仪式感的过去，等待音乐响起的几分钟里，人的内心总有一小会儿单纯而专注的期待。

唱盘上的唱片开始转动，缓缓地，大概是78转的吧。唱片中央丹佛在阳光下微笑的脸转动起来，好像大海里的漩涡。1997年他的两人座小飞机从蒙特雷机场起飞几分钟后便一头扎进海里。“我的天，我印象里这就是两三年前发生的事。”布莱特嘟囔着指了指大海的方向。而丹佛脸上那标志性的大眼镜在旧日的阳光里闪闪发着光，他的年龄已经停留在53岁那年，我们这些人，长大的长大了，变老的就已老了。

丹佛的歌声响彻在清晨一棵巨大的加州柏覆盖下的客厅里，无辜而欢欣。一时我们都各自捧着自己的茶杯静了下来，听过约翰·丹佛清亮声音的人，大概都知道时光飞逝的意思了，其实也都知道了，即使时光是这般飞逝，却也总留下一些隧道，让有些人能借此重逢那些自己以为早已消逝的人与事，以及音乐，好似时间的回赠。我们这些散落在天南地北的，由于这样的回赠而相逢了。

梅里霍沃的秋天

刘文飞

俄国作家多出身贵族，他们的生活和创作因而也往往与他们的庄园联系在一起，如普希金曾在波尔金诺庄园赢得创作的“金秋”，托尔斯泰在他的亚斯纳亚·波利亚纳庄园相继写出《战争与和平》和《安娜·卡列尼娜》，谢尔盖·阿克萨科夫的“家庭记事”和“渔猎笔记”的情节发生地正是他自家的庄园新阿克萨科沃和阿勃拉姆采沃。契诃夫不是贵族，可他位于莫斯科以南数十公里处的梅里霍沃庄园却也是一处闻名遐迩的俄国文学名胜。2015 年 9 月，我随中国作家代表团走进梅里霍沃，走进了梅里霍沃的秋天。

大作家的大家庭

1892 年 3 月，30 岁刚刚出头却已在俄国文坛赢得极高地位的契诃夫带领全家由莫斯科迁居梅里霍沃。契诃夫一家此前生活一直不甚宽裕，他那位当过杂货铺小老板的父亲当初就是为了躲债而离开故乡塔甘罗格来到莫斯科的，契诃夫一家很长时间都挤在莫斯科的一间小屋里。契诃夫成为大作家后，终于有可能为全家购置一座庄园。1892 年，契诃夫在报上看到梅里霍沃庄园主人索罗赫金的出售广告，便花费 1.3 万卢布购得此处房地产。之后，契诃夫全家齐上阵，下大力气整修和新建房屋，耕种土地，终于将梅里霍沃打造成一座像样的庄园。契诃夫常在给友人的信中谈及自己的庄园。初到庄园时他写道：“我一连三天待在我购买的庄园里。印象不错。从车站到庄园的路始终掩映在森林里……庄园自身也很漂亮。”多年后他又写道："如您所知，我现居乡间，在自己的庄园……我像从前一样没有成家，也不富裕……父母住在我这里，他们见老，但身体还行。妹妹夏季住在这里，操持庄园，冬季在莫斯科教书。几位兄弟各有工作。我的庄园不大，也不漂亮，房子很小，就像女地主科罗勃奇卡（果戈理《死魂灵》中的人物——引者按）的房子，可是生活很安静，也很便宜，夏季十分舒适。”

梅里霍沃庄园的核心建筑是一幢共有8个房间的平房，其中除契诃夫的书房和卧室外，如今还保留着契诃夫的父亲、母亲、妹妹和弟弟的卧室。契诃夫在兄弟姐妹中排行老三，他有两个哥哥、两个弟弟和一个妹妹，他的父母常住梅里霍沃，兄弟妹妹和侄子们也是梅里霍沃的居民，他们构成一个庞大的家庭。成为大作家后的契诃夫仍与自己的大家庭合住，这在俄国作家中十分罕见。其中原因，除契诃夫家抱团合群的小商人家庭的固有传统外，无疑也与契诃夫本人随和宽容的性格相关。

在如今辟为国家文学博物馆的这座庄园里，随时随地都能感觉到契诃夫不无幽默的温情。主屋背后有个小池塘，是契诃夫一家入住后开挖的，据说契诃夫喜欢坐在池塘边钓鱼，他称这个池塘为“水族箱”（也可译为“鱼缸”）；契诃夫的书房正对一片菜地，据说契诃夫的妹妹玛丽娅善于种菜，每到秋天，这片菜园总是硕果累累，契诃夫因而称之为“法国南方”；花园里有一棵老榆树，契诃夫称之为“幔利橡树”（《圣经》里写到，耶和华在幔利橡树旁对亚伯兰罕显身），他还亲手在树上装了一个“三居室”鸟笼，起名为“椋鸟兄弟酒家”；契诃夫爱狗，入住梅里霍沃之后，他从友人处要来两只矮脚猎犬幼崽，取名希娜和勃罗姆，几年过后，狗已长大，他认为应该像俄国人对待成年人那样对它们采用以名字加父称的尊称，即“希娜·马尔科夫娜”和“勃罗姆·以撒耶维奇”……

契诃夫不仅将他的家人安置在梅里霍沃，他更将梅里霍沃及其周边地区视为自己的大家庭。“梅里霍沃时期”（1892—1899）是契诃夫一生的壮年时期，也是他社会活动最为积极的时期。在这段时间里，契诃夫于1894年、1897年两次当选谢尔普霍夫乡村自治会任期三年的议员；契诃夫在这里先后为农民子弟建起三所学校（这些学校的旧址如今分别辟为乡村教师博物馆、乡村学校博物馆、契诃夫作品主人公博物馆，均为契诃夫梅里霍沃文学博物馆的分馆）。根据他的建议，在梅里霍沃所在的洛帕斯尼亚镇设立邮局（该邮局旧址现为契诃夫书信博物馆）。更为人们所记忆的是，在契诃夫入住梅里霍沃后不久，该地区霍乱流行，契诃夫作为一名医生勇敢地站出来，应地方政府之邀创办诊所，免费为病人看病，他负责的巡诊区包括25个村庄、4座工厂和1个修道院，他没有助手，没有补贴，所有花费均靠他自掏腰包和四处化缘，他甚至在自家园子里种植草药，自制所需药品。契诃夫在梅里霍沃的行医经历，曾让契诃夫本人说出一句名言：“医学是我的合法妻子，文学是我的情人。”也让他的研究者后来有过这样的归纳：“作为作家的契诃夫从不为人开具药方，作为医生的契诃夫则始终在治病救人。”

契诃夫当年以梅里霍沃为家，而梅里霍沃所在的广阔区域如今也成了契诃夫永远的家。为纪念契诃夫，梅里霍沃所在的洛帕斯尼亚区如今被命名为契诃夫区，作为区中心所在地的洛帕斯尼亚城也更名为契诃夫市。

契诃夫创作的收获期

契诃夫一生写有 300 余部作品（不包括他早期的大量幽默小品），其中有 42 部作品写于梅里霍沃。自 1886 年接受格里戈罗维奇和苏沃林的建议开始“严肃地创作”，到他去世的 1904 年，契诃夫的创作持续不到 20 年，其中在梅里霍沃的 7 年写作可以说是他创作上的金色收获期。前往萨哈林岛的长途旅行之后，契诃夫在宁静的梅里霍沃歇息下来，静心思考，写完《萨哈林岛旅行记》。契诃夫这一时期的中短篇小说常以“县城 C”及其附近乡间为情节发生地，这个 C 就是指梅里霍沃附近的谢尔普霍夫县。契诃夫的许多小说名篇，如《决斗》《六号病室》《黑修士》《文学教师》《挂在脖子上的安娜》《带阁楼的房子》《我的一生》《套中人》《农民》《宝贝儿》《约内奇》《牵着小狗的太太》等，均写于这一时期。著名俄国文学史家米尔斯基在其《俄国文学史》中写道：“契诃夫写于90年代的小说几乎无一例外均为完美艺术品。”

在契诃夫的书房，讲解员让大家注意房间的色调，从写字台上铺的呢绒到沙发和扶手椅，均为绿色，讲解员说，契诃夫患有严重的眼疾，又要长时间伏案写作，绿色能减轻他的视觉疲劳。书房里并列的三个长方形窗户正对着妹妹玛丽娅经营过的那片菜地，虽在秋天，那里仍是一片葱翠。契诃夫著名的夹鼻眼镜也摆在书桌上的玻璃罩里，眼镜旁边还有一张打着粗横线的透格板，契诃夫常把这张纸板垫在稿纸下，按照透过来的横格写作。桌上的几份契诃夫手稿上，字迹也很粗大。看着夹鼻眼镜旁的透格板和手稿，我觉得契诃夫这副著名的、标志性的夹鼻眼镜所衍射出的不再是绅士般知识分子的优雅，而是一位无比勤奋的写作者的艰辛。

契诃夫家人丁兴旺，何况还有大量来客造访，这对一位作家而言毕竟有所妨碍，于是，契诃夫便在1894年为自己建起一座专供写作的小屋。这间小巧玲珑的木屋藏身花园深处，只有一间书房和一间小卧室，小屋被漆成浅色，楼梯和门被漆成深红。正是在这间像是舞台道具的小屋里，契诃夫写出了《海鸥》。小屋入口处的外墙上如今挂着一块白色大理石板，其上镌刻着几个字："我写成《海鸥》的屋子。契诃夫。"在这座所谓的"《海鸥》小屋"里，契诃夫后又写成《万尼亚舅舅》等其他剧作。契诃夫于1899年离开梅里霍沃，将庄园出让给一位名叫斯图亚特的俄国贵族，这位贵族在十月革命后被枪毙，庄园充公，先后用作孤儿院、集体农庄的仓库和牲口棚，庄园里的建筑几乎全部被毁，仅有这幢小屋原封不动地保留下来（庄园里如今的建筑均是在1940年设立博物馆时根据契诃夫妹妹和侄子保存的设计图和照片依原样复建的，展品也大多是契诃夫家人捐出的实物）。这或许是因为它位置较偏，不引人注目；或许因为它体积太小，不便挪做他用。在梅里霍沃庄园，也只有这间小屋不对访客开放，我们只能透过门缝，窥视一下这俄国现代戏剧的摇篮。从梅里霍沃这间小屋里飞出的“海鸥”，不仅造就了契诃夫和莫斯科艺术剧院，也成了整个俄国现代戏剧艺术的象征。

契诃夫情感的秋季

梅里霍沃的秋天就像列维坦的画（列维坦作为契诃夫的好友，作为契诃夫妹妹的绘画老师，是梅里霍沃的常客），色彩斑斓，宁静之中却又蕴含着躁动。我们在一场突如其来的暴雨后走进庄园，只见绿色的草地上散落着黄色的、红色的或红黄绿交织的树叶，留在枝头的叶片则依然鲜绿。成熟的苹果或挂在枝头，或落在地上，不知是博物馆的工作人员还是游客，好心地把落在地上的红苹果拾起来放在路边的长椅上，供他人食用。

在梅里霍沃，“像从前一样没有成家的”契诃夫还收获了他的两份爱情。契诃夫一家住进梅里霍沃后不久，契诃夫的妹妹玛丽娅常领她在莫斯科中学的女同事丽季娅·米奇诺娃来家里做客，玛丽娅后在回忆录中写道：“夏季，丽卡（米奇诺娃名字的昵称——引者按）来我们梅里霍沃长住。她和我们一起举办了许多出色的音乐晚会。丽卡唱歌唱得不错……在丽卡和安东·帕夫洛维奇（即契诃夫——引者按）之间产生了相当复杂的关系。他俩走得很近，似乎彼此依恋。”关于两人的罗曼史，有人写过专著，童道明先生在《爱恋·契诃夫》一剧中做过细腻的揣摩和诗意的再现，契诃夫与米奇诺娃1897年摄于梅里霍沃的那张照片，曾被用作该剧在中国国家话剧院上演时的海报。根据这张照片上两人的衣着和身边的植物来判断，时间像是夏末初秋。这段历时三年的恋情，以丽卡与人私奔至巴黎而告结束，但它却在契诃夫的创作中留下了深刻的痕迹，人们在《海鸥》中的尼娜等契诃夫笔下的许多人物身上都能发现丽卡的身影。1898年9月，在莫斯科艺术剧院排演《海鸥》的现场，契诃夫与该剧院女演员克尼碧尔一见倾心。

次年5月初，他带克尼碧尔回到梅里霍沃，在这里度过刻骨铭心的三天，大约正是在梅里霍沃，他们做出了结婚的决定。在这里最终收获了爱情果实的契诃夫，也最终离开了梅里霍沃。契诃夫的肺结核病越来越重，医生建议他迁居气候更加温暖的南方地区，契诃夫于是售出梅里霍沃庄园，在雅尔塔购置了一处别墅。

契诃夫与米奇诺娃，契诃夫与克尼碧尔，两段相隔7年的恋情均始于秋季，两段结局不同的爱情构成了契诃夫梅里霍沃时期情感生活的开端和终结。

走在梅里霍沃长长的椴树林荫道上，秋风拂面，仿佛觉得身着风衣、头戴礼帽的契诃夫转眼之间就会出现在道路的尽头。他与这座庄园秋天的氛围太协调了，不知是这座庄园在他的个性中添加了什么，还是他用他的风格塑造了这座庄园。契诃夫在梅里霍沃住了7年。契诃夫有过7个梅里霍沃的秋天。人们总喜欢用秋天来形容契诃夫的创作个性，的确，契诃夫的生活和创作与梅里霍沃的秋天构成了某种高度的契合和呼应。梅里霍沃的秋天是优美的，却也散发着莫名的无奈；

梅里霍沃的秋天是忧伤的，却又洋溢着收获的喜悦；梅里霍沃的秋天是明媚的，却也充满着神秘和疏离。

在我们即将走出梅里霍沃庄园时，突然听到契诃夫纪念碑后面的草坪上传来一阵喧闹，原来这里正在举办一年一度的“全俄契诃夫矮脚猎犬节”。讲解员颇为自豪地告诉我们，梅里霍沃每年有举办两大具有世界影响的盛事：一是“梅里霍沃之春国际戏剧节”，每年都有世界各地的剧院来此演出契诃夫的剧作，花园里、大树下和池塘边都会成为演员们的舞台；另一盛事即“猎犬节”，全俄的矮脚猎犬爱好者会带上他们的爱犬来此参加竞赛。我们来到赛场，但见几十只与契诃夫的爱犬希娜和勃罗姆十分相像的矮脚猎狗在场上轮流亮相，一位来自德国的主裁根据狗们的相貌和步态打出分数，并颁发等级不一的证书。梅里霍沃无疑是全俄乃至全世界举办戏剧节的最理想舞台之一，可此类爱犬狂欢节却未必能讨得契诃夫欢心，我发现，纪念碑上的契诃夫始终梗着青铜的脖子，不愿回首一望身后的游戏。

奥尔罕·帕慕克：

“我喜欢排山倒海的忧伤”

夏 榆

“一个作家从他驾驭语言那一刻起就应该看到，这个世界是多么奇特、伟大和令人惊叹。他开始超越语言的藩篱来寻找自己的声音。”这是帕慕克写在他的创作集《别样的色彩》序言的话。踏入土耳其疆界，居于伊斯坦布尔之城，我们可以看到这个国家和这座城市对帕慕克具体而微的影响，他书写的事物和人生故事在这里获得印证。

我入住的位于塔克西姆广场的一家酒店大堂就摆放着他的英文版《伊斯坦布尔：一座城市的记忆》，在书店里有他的新书《头脑里的怪想法》的土文版在热销。在纯真博物馆地下有一面墙的书架排列着帕慕克不同版本的书籍。我一直记得他关于写作与世界的关系的感言，这些片羽般的感言和他的繁复书写一样，显示出一个世界观察者和体验者的内心维度。

加哈格尔街区的中心区域是奥尔罕·帕慕克住过的地方。到伊斯坦布尔时我带着他的几乎所有著作的中文版，作为旅行指南的是《纯真博物馆》和《伊斯坦布尔：一座城市的记忆》，我依照书里所附的城市地图和所描写的城市细节确定方向和路径。关于加哈格尔街区，帕慕克在受访时说：“我的某部早期作品是在这里完成的，在我祖父的房子里。夜里我常常被妓女和他们的壮汉保镖们惊醒，有时能听到他们和客人的交易，当然也有缠斗和厮打。”

伊斯坦布尔是一座古老和现代感交织的城市，多种民族及多种宗教共存，繁华和衰败同在。因为城市依山势而建，道路蜿蜒曲折，上下起伏。走在纵横交错迷宫般的街道，我仿佛看到帕慕克在这老城游走的踪迹。“土耳其人像我一样，既渴望现代化，但又处于惧怕丢失自己文化和身份的焦虑中。”帕慕克的很多小说都有对祖国的历史文化与文明的洞察，他的思考可以从他的著作中读到。《我的名字叫红》《黑之书》《雪》《纯真博物馆》等，都有对逝去文明的追怀和挽悼。“呼愁”是他使用最多的词语，它起源于和忧伤一样的“黑色激情”。

“我喜欢排山倒海的忧伤。”帕慕克说，“伊斯坦布尔的‘呼愁’不仅是由音乐和诗歌唤起的情绪，也是一种看待我们共同生命的方式；不仅是一种精神境界，也是一种思想状态，最后既肯定也否定人生。‘呼愁’不是某个孤独之人的忧伤，而是数百万人共有的阴暗情绪，是伊斯坦布尔整座城市的‘呼愁’。”

2007年我访问爱荷华大学“国际写作中心”的创办人聂华苓女士，她讲到帕慕克在爱荷华时的状态。帕慕克是当年受邀请的作家中最勤奋的一位。这是1985年，帕慕克33岁。那时他正在写《白色的城堡》，生活日夜颠倒，写作通宵。聂华苓对他评价道：“帕慕克是土耳其的社会良心，但他不以社会异议者自居。他尊崇的是艺术，但他也决不放弃说话的自由。”

希什利区也是帕慕克长久生活过的地区。在祖母独自生活43年的三层楼房正对面的法庭里他有过一次受审。2005年，他面临诉讼——因为在一次访问中谈到土耳其历史上有过100万亚美尼亚人和3万库尔德人被屠杀，他受到司法指控。帕慕克是唯一一个有勇气谈论它的人。相关访问被刊登在了瑞士的一家媒体上，同时也在土耳其引起了轩然大波：他受到了死亡威胁、媒体的诋毁，土耳其当局甚至以“公开诋毁土耳其人民尊严”为由对他进行指控。当局的指控在一片国际抗议中于2006年被撤回，对他的死亡威胁也慢慢地减少。

帕慕克的文学显示出多重性和丰富性。《雪》是政治小说，读这部书很容易将他想象成政治性作家，但是读《纯真博物馆》《新人生》又会将他看成情感型作家，读《我的名字叫红》《黑之书》又会将他视为悬疑作家。这种丰富性和多变性是他有意追求的。帕慕克很像他笔下的《雪》的主人公卡——他对政治并不是特别感兴趣——他甚至根本不喜欢政治；他看待土耳其政治的方式就仿佛别人看待一件意外的事故——不在意料之中，却已经被卷入进去。“政治小说是一种有局限的题材。”他说道，“因为政治包含一种不去理解非我族类的决断，而小说艺术则包含一种要去理解非我族类的决断。但是政治可以被纳入小说的程度是无限的。”

我们访问帕慕克是在炎热的 7 月。正午阳光炽烈，这是马尔马拉海岸的光照。马粪的气息在集市弥漫，数十辆马车停在集市上，毛色各异的高头大马们喷着响鼻等待着人们坐到装饰着的马车里去。这是大岛的集市。从伊斯坦布尔市区到大岛需要坐轮船 40 分钟，我和同行者——《时尚先生》的采访团队从伊斯坦布尔街区乘坐轮船抵达大岛，帕慕克隐居在这里。大岛依山麓而建，四面临海。这里不通汽车，马车是唯一的交通工具。柏油路不断有高头大马载着客人奔弛而过，马蹄踏响的声音时疾时缓。下午3时，预约访问的时间到，土耳其陪同给帕慕克打电话，很快他就出来迎客。帕慕克从临海一幢别墅推开木栅门走出来，他穿着墨绿色的T恤、黑色短裤，光脚穿着一双棕色皮凉鞋，他戴着眼镜，微黑的面孔，像个斯文的园艺工人。

这幢临海的别墅是帕慕克临时的居所，这些年每到盛夏的时候他都会住在这里写作。一条在茂密的树丛之间开出的小径向下延伸百米长，小径的尽头就是帕慕克借居的别墅，他带我们进入居所，穿过居所的廊道来到开阔的椭圆形阳台，那里面朝大海，海上有数十艘轮船或者行进，或者停泊，海风吹拂，沁凉的海风迎面而来。椭圆形的阳台是帕慕克的写作空间，两张长方桌对接拼在一起，铺着墨绿色桌布的桌面上堆满杂物：他正在写作中的小说手稿，画满图画和符号，满是修改的痕迹，剪刀、针线，几管黑色钢笔和颜色多样的铅笔，堆在桌上的东西看上去凌乱而随意。帕慕克身材高大，友善而活泼，采访团进入阳台工作间后他回卧室迅速换下短裤，换上深黑色西服出来，接受摄影师的调度拍摄。摄影机前的帕慕克不时跟人逗趣，露出他的标志性微笑，这是狡黠和顽皮的笑。来自瑞士的摄影师双手高举摄影机跪在地上按动快门快速连拍，照相机发出清脆的声响。帕慕克在摄影灯光的烘烤下衣服迅速被汗湿透，他不时地朗声大笑，他的声音硬朗，说话时语气坚定，听着是一个性情果断的人。

帕慕克的声音在不同的场合会有不同的音调。在伊斯坦布尔老城区主库尔主麻大街有一幢由民房改建的纯真博物馆，这是以帕慕克同名虚构作品为蓝本建造的博物馆，观众只要佩戴解说器就能听到帕慕克的原声旁白。纯真博物馆的楼体是粉红色的，有三层，欧式建筑风格，大门上绘制着蝴蝶的标志，三层楼的展厅里密集陈列着纷繁的老照片和旧物品，那都是帕慕克在虚构作品中写到过的东西。“那是我一生中最幸福的时刻，而我却不知道。”这是小说主人公，30岁的富家公子凯末尔的内心独白，它被书写在博物馆三层的墙壁上。凯末尔爱上了名媛茜贝尔订婚在先，却意外遇到出身贫寒的远房表妹，18岁的清纯少女芙颂。小说是对这场邂逅的情爱及其所涉物质超绝而极致的书写。

只要戴上耳机就可以听到帕慕克的声音，优雅而平和，且不失幽默感。在伊斯坦布尔访问的几天里，我数次到纯真博物馆，独自在那里观看由帕慕克多年以来为写作小说从各处搜集的实物——钟表、油灯、针线、钢笔、电话、打印机、各种玩具、不同时期的老照片，这是浩瀚的物的世界。最为震撼的是如装置艺术般满墙陈列的4213个烟头——这是女主角芙颂吸过的。“三十年来我所积攒的所有收藏都在阴影里静静地待着，”帕慕克借助小说主人公的语言陈述他建立博物馆的初衷，“我能够看见所有的东西，就像一个能够发现物品灵魂的萨满巫师那样，我在感受它们的故事在我心里的骚动。”

“小说和管弦乐一样，是西方文明伟大的艺术。”2006年12月，帕慕克出现在瑞典学院文学院的讲台上发表演讲《父亲的手提箱》。这是他被世界所认识的时刻。获得诺贝尔文学奖之后他被认为是当代欧洲最杰出的小说家之一，是享誉国际的土耳其文学巨擘，他的作品被译成40多种语言出版。

《纯真博物馆》柔化了帕慕克的文学风格，使他显示出叙事美学的丰富性和多样性。很多时候帕慕克被视为锋芒毕现的政治性作家。因为批评土耳其执政当局隐瞒亚美尼亚大屠杀的历史而惹出诉讼，被本土的批评家围剿式批评，几年前他随时面临生命危险，出行时必须带着保镖才能保证自己的安全，这是帕慕克经历过的异质生活。人们普遍将他视为关心公共事务，勇于对现实发出批判之声的政治倾向强烈的小说家。《雪》的中文版在2007年面世时就在封面上出现“最受争议的政治小说”的荐语。然而帕慕克似乎并不喜欢被贴上“政治”的标签。他说：“政治不是我们热切为自己作出的选择，而是我们被迫接受的不幸事故。”

二

白雪穿越铁的岁月

客舟甬上望海曙

徐建成

“甬上”一词，作为宁波城的地理代名词，大概出现于明嘉靖、万历年间。那时，宁波进士辈出，连中三鼎甲，正迎来文化第二次高峰。官至内阁宰相、六部尚书、侍郎等朝廷大员，以及巡抚、布政使等省级长官的有不少，如沈一贯、袁炜、赵文华、张时彻、余有丁等。城市的地位也就突出了。令吴中才俊尤其是文徵明及其众多弟子观望、仰慕已久。于是乎，原本这些才子向往晋京所坐的运河船只，夜航向背，顺着浙东运河，客舟交游甬上。这是一种怎样的文化吸引力呢？

据王穉登《客越志》记述：“上虞县因山为城，十里中坝，十八里下坝，滩声下矶，怒如惊涛，船从枯堤而下，木皮如削，为之毛发森竦，何必瞿塘峡方知蜀道难也。过坝，即（余）姚江，水才一线。”船只自进入余姚江后，往往可有两种选择，一是走自然河道，二是走人工河道。走自然河道需处海水潮汐退降时，走人工河道往往是海水潮汐涨起时。但是走人工河道才能进出于县城。余姚县城为依山傍水双城格局，是明成化十一年状元谢阁老（谢迁）、明成化十七年状元王华（明孝宗的老师），以及其子心学大儒王阳明的家乡。当时仍有钱德洪等多位王阳明的弟子在姚城传承衣钵。上通济桥、观舜江楼、登中天阁是吴中才俊造访第一站。

离开文献名邦姚城，向东航走，江流如束，直至丈亭集镇。才俊们往往靠岸舟宿或上岸宿客栈。因此，留存至今的丈亭诗文有不少。若问浙东运河宁波段观游什么，答案即为三江口，丈亭古渡是自然河道和人工河道交汇形成的第一个三江口。宁波境内运河段这样的三江口共有4个。

从丈亭出发，走慈江，沿江堤岸水草盛长，芦苇荡漾，白鹭飞扬。遗憾的是，古人有所不知，但今人已知这些区域皆为河姆渡文化发祥地。舟船向东，直达千年古县城慈溪。这是一座诞生了519位进士、以慈孝闻名之城。当时的内阁宰相袁炜的家府便在城内。文徵明的几位弟子，往往也是袁炜在京的门生或客僚。于是，慈城的逗留自然在情理之中。慈城为孙吴太子太傅阚泽故里，儒、道、释聚合，有宝峰书院，据传罗贯中曾到此求学，因此，吴中才俊感叹此地卧虎藏龙。

出县城，慈江抵夹田桥，有刹子港，此为第二个三江口，一为向东接中大河口入浃江出海，一为向南走大小西坝。才俊们向南为了进宁波府城。到了大西坝口，此处与自然河道余姚江再度相逢，即为第三个三江口，风景这边独好。船只过江进入西塘河。顺着西塘河慢行，可抵府城西大门朝京门（或称望京门）。穿水门入城，由此感触甬上风华与众不同，向往的东西眼见为实，交往的才俊谈吐开明，不虚此行。

天封塔下，日湖莲桥，琴弦悠扬。洪武、永乐年间京城宫廷名家皆为甬上琴师。月湖洲岛，阁楼书藏。天一阁为王世贞等人仰慕约访酬唱。出东门去，临三江口（余姚江、奉化江和甬江交汇处，也谓出海口），望见来安亭、造船码头和碧岑楼，迎晨曦，见海曙，豁然开朗。赞吟："东向巨浸，长耀其华丹。"

似曾想永乐年郑和船只、货物集散于此，似曾想洪武年间日本自擒盗寇解押登陆于此向明廷示好，似曾想明朝的使者和僧侣同舟、茶叶飘香和书禅东传的起航与送别。而在吴中才俊客舟甬上的时代，正是倭寇频繁侵海、双屿港开始出现洋人掠夺之时，不由得让这些才子祈盼：海定波宁，沧海为曙。

此行交游甬上，商业资本的萌芽已经在江浙地区社会阶层初见端倪。吴中才俊正在思想真理的追寻中，在文学艺术的创作中，在科举策论的温习中找到可以启发和引导的师友，他们认为当时的甬上才俊很不一般。兴许是面临大海的缘故，思维方式开放进步；兴许是港口贸易的缘故，价值取向经世致用；兴许是心学传承的缘故，言行举止知行合一。甬上三江口，闪耀着“四明”人的气质和先进文化的品质。

所谓“四明”，皆因境内四明山而产生文化地理归属。甬上学人在著述立说、诗文书画时均落款题写为“四明某某某”。“四明”人的气质可以提炼为先见之明（善于接受新事物）、自知之明（善于居安思危、规避风险、扬长避短）、知人之明（善于发现别人的优点、包容别人的缺点）和正大光明（善于发展正能量、保持诚善）。

宁波，古堇子国，为古越东境，三面环山，一面向海，很长时间它的文化是封闭的、独立的、隐逸的。然而从唐宋开始，一条浙东运河把它的港口作用发掘出来，打开了这座城市心向朝廷、面向大海的胸襟。浙东运河不仅成为与朝廷联系的经济命脉、黄金水道，更是产生了文化交融与输出的通道作用。在吴中才俊心目中，当时的甬上文化是具有创造力的。它有梁祝爱情故事映衬下化“蛹”成蝶的文化变革勇气，也有天一阁等藏书楼“诵”读之声伴随着著述立说的文化传承自觉，更有贸易海禁、思想开明之时暗“涌”着的一种萌发，为日后宁波商帮始作“勇”者创工商之本为天下先之胆识奠定了基础。

可惜的是，这些吴中才俊没有继续向东，拥抱大海，没有抵达宁波的镇海口（定海县城），真正的出海口，而是沿着浙东唐诗之路东支线（余姚江）的自然河道向西北上，去找回诗情画意去了。而下一次，逆向而来的文化交游者便是明末清初民主启蒙思想者黄宗羲，他再度来寻找甬上一批光明俊俏的学人雅士。

这是运河宁波段“眷顾山水、别离海天”的一则文化往事。且记住这些吴中才俊的名字：皇甫冲、皇甫涍、皇甫汸、皇甫濂四兄弟，人称“皇甫四杰”，黄鲁曾、黄省曾两兄弟，王世贞与其弟王世懋，以及文徵明的得意弟子王稺登。

回到拉萨

宁　肯

“回到拉萨，回到布达拉……”没有歌中唱得浪漫，没有“在雅鲁藏布江把我的心洗清”，就是回来了。告别了27年，如一个回家的人。熟悉的地方不多，大昭寺、罗布林卡、布达拉宫变化不大，但因为27年前就不熟悉，所以也谈不上陌生。陌生是因为过去熟悉，现在变化了，比如当年工作的拉萨六中，当年我在时没有门卫，只有铁栅栏大门，大门永远开着，特别敞开。六中在拉萨西郊，那时拉萨河在这里展现出平沙、沼泽、牧场的景象，在这样的旷野上门真是不必要的，形同虚设。

六中与丹巴村一墙之隔，丹巴村早年是哲蚌寺的属地，六中占的是丹巴乡的地，也是某种意义的寺院属地。可见三者关系之密切。早晨、午后或黄昏我们经常从一些比较大的狗洞钻出去，穿过村子，就到了哲蚌寺。“我们”是指1984年北京来的那8位援藏教师。围墙是土坯墙，有许多狗洞，我们经常图省事从狗洞钻出去，有些洞后来干脆变成了豁口，与村子就更加亲近，学校像村子一样，像寺院一样，在大自然里，就那么单摆浮搁着，自自然然，要什么门卫，本来就是一体的。

那时，学校是石头房子，村子是，寺院也是。村子白墙黑窗，经幡招展，午后寂静，黄昏如画，学校、寺院也是一幅画。有许多入口，当然又是实际上的出口，没有围墙，只要不停下脚步，不是出来就是进去。因着山势必为不对称建筑，曲径通幽，形成网络，堪称迷宫。但每个局部，比如一个小院，又会特别明亮，就像梦中一样明亮。有些小院可以远眺，能看到拉萨河，以及拉萨河、雅鲁藏布江的汇合处。有一次，就是在这样一个黄昏小院，我默默挨近一个红衣喇嘛，我们一同眺望。我们没有一句话，但是慢慢地我觉得我们是一体的，我们的脸都被夕照映红，有一刻几乎通体透明。不用交谈，只是观想，双方就可以有一种交流，这仿佛是佛教特有的，是一种身体现象学。

有一年下雪，在半山腰上，我遇到过类似的情景。一个红衣喇嘛在雪中的石上独坐，我来到他的旁边，默默伫立，顺着他的眼光凝视远方，慢慢地我觉得我们成为了一个人。他当然不知道我是一个未来的小说家，我也不知道，一切都是自在的，有这种时刻自然就会有未来呈现的时刻，该呈现总会呈现，不呈现也没关系。雪中静坐是一种永远的存在，自然界总有一种得大自在的东西存在。然而具体对于我而言，前面说的两个场景极其重要，因为世界无论有着怎样的永恒性、一致性，同时还应以个人化的方式存在，比如为什么是这个喇嘛而不是那个喇嘛，世界是无限可分的，差异也是无限可分的，我一方面相信永恒，一方面迷恋差异。

正是以这种差异性，多年后，我把这两个场景写进了我的长篇小说《天·藏》。哲蚌寺是这部小说的道场，根据那两位喇嘛我塑造了马丁格的形象，根据当时的我自已塑造王摩诘的形象。

27年后学校与村子已完全不同，已经没有村子，六中盖起楼，铁栅围墙，大门威武，石头房子不见了，我巴望了一会儿，没巴望到什么。的确，门卫应该拦住我，你是谁呢？你27年前在这教过书，27年前是谁？这儿没有时间，时间非常新，而且还在不断更换时间，你太陈旧了。或者你简直是一个说谎的人。此外，作为山上的涓涓细流那些毛细血管般的拉萨河的小支流也都没了，难道山上不再融雪？丹巴村变成了丹巴社区，盖了许多带车库的房子。有一刻，我踮起脚，隔过许多电线、太阳能热水器圆桶，想不通怎么会有那么高的天线。一下看到幻觉般的哲蚌寺，我意识到我脚下待的地方还是原来的地方。我为什么如此怀旧？是否太自恋了？有时，当我面对镜子时，我也想，你都不是原来的你了，凭什么原来的地方还是原来的地方？

凭什么原来的地方等着27年后的你？

哲蚌寺没变，一切都没变，一切都印着我年轻时的目光，在哲蚌寺一如所料我找到了无数的确认、无数的存在痕迹。不，不仅仅是故地重游，因为《天·藏》写了这里，由于书写，不是故地重游，而是故地三重之游：过去，书里世界，现在。三者合在一起，像3D一样，像少年派。而嘤嘤嗡嗡的经声是500年前，也是现在，也是书中的声音。我也像有着三重影子，不断重合。

在老甘丹颇章，我看到当年那棵柏树，27年它竟没怎么长大，还是分开的树杈，苍迈的手臂。我觉得我长得太快了，27年就已完全不像当年。我和下面那山桃树差不太多，当年它只是棵小苗，如今它可长大了不少。小树大了，老树缄默，何时我也像老树一样？

甘丹颇章是达赖喇嘛寝宫，为哲蚌寺第十任堪布，即第二世达赖喇嘛根敦嘉措于公元1530年建。我知道几个世纪前殿内供奉有一具少女木乃伊，后来将木乃伊塑为吉祥天女神像。当年我没见过少女神像，估计这次也不会见。我觉得她只要存在就让我感到一种天上的东西。

《天·藏》里有这种东西，写时我不知道，写完之后我发现它的结构几乎就是哲蚌寺的结构，维格也是那个少女的复活。

我在27年前的小院伫立，身边没有喇嘛，但过去的喇嘛和书中的喇嘛围绕着我，我觉得是一样的，过去即作品，作品即过去，而此刻这个小院似乎专为我而设。我不能想象如果这样的小院消失了，或整个寺院消失了，我将何以存在。幸好不会消失，它存在500年了，时间越长它存在的理由就越强大。

我看到我曾教过书的拉萨六中，那里本来充满记忆，现在却成为记忆的盲点。那一年冬天，我趴在没有取暖设施的石头房子里，写《蒙面之城》前身的一个中篇，那时小说中已出现了马格、果丹、成岩这些人物，他们在1985年那所已不存在的石头房子里诞生，但要读者真正认识他们，则要等到16年之后的《蒙面之城》。

尽管一些小支流消失了，拉萨河主流似乎没有变，还是向西，夕阳西下，那些浴盆一样的小河湾也还有一些。不过据说不久下游要筑坝，抬升水位，这些小河湾将消失。好吧，消失吧，只要不改变河的流向。另外拉萨的天空没变，云没变，雪没变。从哲蚌寺下来我躺在床上就能看到窗外的雪山，在北京回忆起来真是太奢侈了。

古人云墨分五色，在拉萨，云也分五色。我记得飞机沿雅鲁藏布江降落时，因为山的原因，云深深浅浅，浓浓淡淡，十分水墨。云破处，左右都是山水，构成大团大团奇妙空间，直至着陆，仿佛不是从天上来而是从宇宙迷宫中降落，更仿佛从一个星球降落到另一个星球。这些不会变，正所谓天不变，道亦不变，总有不变的东西。

去燃灯佛塔

杨　栗

燃灯佛舍利塔，想去也已经很久了，却一直未曾如愿。通州在进行改造，几乎整个老城区拆掉重建。塔被工地包围着，虽然大老远就能看得见它，而且已经到了离得很近的地方，却找不到进去的路。

"你从前面路口进去——看见没有？"桥边凉亭里坐着的妇女说，"你看那边，一根倒着的电线杆，旁边有条小路，进去之后，再往这边这么一来——"她做出一个往怀里一揽的手势，“就能见大门，‘三教庙’。”

“刚从那儿来，不像有路啊——”

“没错，就是那儿，原来是一条小马路；我家就住在这附近，可是我也没进去过。”

迎着一群工人，我们沿着这条经过指点确实依稀可以辨认出“原来是一条小马路”的窄窄的小道往里走。它还保留了自然形成的小路那种拐弯和曲折回环的形态，拐弯是那种死弯儿，你担心一不小心就会冒出一辆车或一个人来。我甚至可以想象，这里原来的人口多么稠密，但现在一侧用蓝色的铝合金板遮挡着，里面就是掘地三尺的工地。

迎面是破砖烂瓦，再没有路了。印有“精工帐篷”的帐篷前，一群工人捧着饭盆蹲在地上吃饭，见到我们也不惊讶。

“师傅，去这个塔怎么走啊？”我们前头是拆掉房顶的墙和一堵更高的墙，旁边一株枣树还没有结枣。被问的师傅语塞而眼神游移，这时，人群中一个40多岁的男子端着饭盆站起来，指着眼前小路，眼光一闪，说：

“这边！就是这条路，往前！”这条小路是人踩出来的，通往一片野草丛和垃圾场，再远处，有一座桥横亘。

“穿过桥洞子往前。”师傅接着说。我能感觉到他那种冲动，一种纯朴的东西活跃着，只是因为简简单单地能帮到人而激动。这种东西是多么珍贵又是多么不牢靠啊。

初秋的太阳半明半晦地、热烘烘地照着，一人来高的草地里，被惊动的蟋蟀或远或近地叫着，雨后湿泥的气味和青草的气味似有似无。穿过桥洞，见塔碑拦在一道高高的围墙之内，墙面留有原来房子的痕迹：“人”字形的坡顶和两个支撑的竖道，斑驳的红砖，白灰的，破瓦的，每一个印记跟另一个都不一样，印在墙上，好像只要轻轻地叫一声，那些破碎、消遁的声息和昔日的人影就会回来。高高的谷穗状的粉花静止不动立在野草深处，不知名的喇叭状的橘色花朵从墙上垂挂下来。一切都静止下来，很难想象这里以前房屋密集，住过那么多人。

走到尽头，绕过一片垃圾场，进了一条小巷，在司空小区的对面就是那位妇女所说的“三教庙”，门票每个人10元。

院里的三座庙呈“品”字形。按照文庙的建筑制式，首先是古老的泮桥（不过已经残破，由玻璃台阶保护起来），桥下左右各有石雕蟾蜍和鲤鱼，无非是“旺财”和“富贵”的寓意。过青铜孔子像，过乾门，正对的是文庙大殿。它建于元大德二年（1298年），比闻名遐迩的北京国子监孔庙还早4年，至光绪九年（1883年），有过22次重修扩建。

1958年以来，这里一直是北京花丝镶嵌厂（花丝镶嵌是一门为宫廷所推崇的老手艺），没有一定的美术功底还进不了这家厂子工作，对面的司空小区里住的就是这家厂的职工。

大成殿内，正中高高供奉着孔子牌位，其余数座牌位，同样有深红帷幕垂饰，是为孔子的继承人和72位门徒所立。可以看出，在儒、释、道三足鼎立的精神世界里，讲求经世致仕的儒教一度排在头一“品”。

走过一片开阔的草地，朝高高的燃灯佛塔而去，即见左右另外两“品”院落，右为道教紫清宫，供老子，左为佛教佑胜教寺，内供燃灯佛。

燃灯佛塔近前了，雕像残破的飞天和力士依旧可辨；抬头望，古塔凌云，果然巍峨。想它作为最早的镇河塔，创建于北周，坐落在此已经有1400年历史了，不禁有些激动。年代如此久远，倾颓重建已经多次，眼前所见到的塔身，是在地震之后清康熙三十五年（1696年）在原来的须弥座上重建。塔高56米，八角形，13层，砖木实心结构，悬挂铜铃2248枚。

“一枝塔影认通州”，沿运河北上的人们，舟船劳顿，只要远远望见这座高高的燃灯佛塔，即是望见了通州，北京城也不远了。燃灯佛塔映照在200米外的运河水面上是一道美丽景色，不过现在看不到。踩在青苔润滑的地面上，顺时针环行，塔的样子看起来有点儿眼熟——燕京大学（北京大学）的博雅塔在1924年设计之时就参照了它。

燃灯佛出生时，周围一切光明如灯，所以得此名。《瑞应经》同时还记载了他为释迦牟尼做授记（预言）

的故事。释迦牟尼那时还不是释迦牟尼，而只是个名叫儒童的善慧童子，曾买青莲花供奉燃灯佛。燃灯佛对他说："汝自是后，九十一劫，劫号为贤，汝当作佛，名释迦文。"儒童跪拜，见地面有水洼，就解开鹿皮衣服铺在地上，又散开头发铺在泥泞地面，让赤足的燃灯佛走过。

玄奘的《大唐西域记》卷二记载他游历"那揭罗曷国"(阿富汗的贾拉拉巴德)，见到城东二里有佛塔，"释迦菩萨值燃灯佛敷鹿皮衣布发掩泥得授记处"；见城西南十余里有佛塔，"其东不远有窣堵波，是释迦菩萨昔值燃灯佛于此买花"。那个时侯，玄奘所见已经是庙多僧少，塔多倾颓——况且今日？但那一带有许多燃灯佛的遗迹。朋友Z曾手里拿着《大唐西域记》，而不是Lonely Planet游历，大多数时候所寻找到的遗迹竟然与当年玄奘所记载的无分别。

"谁到这儿来都不是无缘无故的……"寺内一棵参天的古树，系满祈福的红带，如果不是这道墙的衬托，竟然显不出这塔的高耸来，此刻越发像是倾压下来一般。靠墙的桌边，一些佛教信众、游客、僧人在聊天。单单地听见僧人这句话，却又是什么缘故呢？

一位老妇人忽然转过身来，把手中的两个苹果塞在我们手上，说：“一人一个，这是八月十五佛前供奉过的‘吉祥果’！”我们道谢，收下。

开阔草地一侧的临时遮雨棚里，有三根几年前从运河里挖出来的千年古木——硬合欢，沉睡在河底泥沙之中有400年，表面已有石头一般凝重的纹理，不远处有个村子叫“皇木厂”。

经过结满累累果实的海棠树，吃下几个酸酸甜甜的海棠，又见过一尊带几分俏皮的明代嘉靖年间的铜狮子，就按原路返回了。历史就是这样沉甸甸的，又漫不经心，就在通州这个地方，在北京这个地方，在中国的土地深处。

瓦砾当中，我们的车头有一黑衣女子兀自徘徊，见我们好奇地朝她看过来，她却扭身走开了。这才发现，枣树后面竟是整齐的房屋和人家，面朝塔身，房顶上支有卫星接收器，显然是与拆迁做抵抗的“钉子户”家庭——可是，究竟能支撑多久呢？工地上的坑挖得那么深，据说要建一个交通枢纽，还要建什么地下通行道之类，想这户人家如果祖辈居住于此，当是运河畔的捕鱼人家吧。

话说不及，距离这次访问燃灯佛塔又是几年过去了，其间又去过一两次燃灯佛塔，每次都有初次相见般的欢喜与自在。只是绕塔走一走，只是在树荫下坐坐，看看它，就好了。与此同时，通州新城的高楼在不断崛起，好像是一个人无法停下来的欲望的投射。

欲望像人身一样，本身只是可利用的材料，没有什么错，如果它导向的是对人类的可持续发展有贡献的事情，对人在灵性上是一个提升的方向，那是很好的。所有这一切，需要一颗珍爱任何一个生命如己般的平静与喜悦之心。

从龙门巷到九如巷

—— 一个家族的地名变迁

王　道

地名文化总是伴随着人的成长和变化的文化。有关合肥张家四姐妹的家族历史，总绕不过两个重要的地名：合肥龙门巷、苏州九如巷。

说起龙门，自然想到了“鲤鱼跃龙门”的典故，这一吉祥寓意，常常与古代的中举、升官有关，也会被拿来比喻逆流前进、奋发向上。李白曾有诗形象诠释："黄河三尺鲤，本在孟津居。点额不成龙，归来伴凡鱼。"至今，关于龙门山在哪里，仍是众说纷纭。

张家四姐妹中，元和、允和、兆和出生于合肥龙门巷张公馆。这里曾是淮军将领张树声在合肥城区的公馆。龙门巷所住名门不少，合肥李家、许家都有几代人在此居住，一直到辛亥革命爆发才陆续散去。

张树声的长孙，即张家四姐妹的父亲张冀牖结婚时就在龙门巷，新娘是来自扬州盐官陆静溪的千金陆英，送嫁妆的队伍从合肥四牌楼一直延伸到龙门巷，足足排了十条街。后来这个细节在不停的转述和附会中成了张家人一个遥远和盛大的家族记忆，旧日繁华烟云融化在无边的岁月中，悄无声息。随着三个女儿的出生、新革命的爆发，以及家族内部的悄然变化，张冀牖选择了举家迁徙，前往上海。

到了上海不久，四女充和出生，在几个月大时因为奶妈缺奶，以及家族原因被叔祖母识修抱回了合肥张公馆。这个识修即李鸿章的侄女，是为张公馆当时的掌管人。她一生虔诚向佛，把家中的房子无偿供给慈善机构使用，还允许穷困的亲戚住在里面。张公馆，也无意中成为后来的才女充和的重要启蒙地，在这里她度过了最为传统的少年时期，读孔孟、习书法、闻箫声，也常常听那些老佣人讲述过去的历史和人情世故。

1937 年夏，抗战爆发，张家人从江南举家逃回了合肥张公馆，张冀牖带着儿女们再回老家，一切物是人非，且不允许他们做更长时间的逗留，日军很快占据了合肥城区，他们继续往乡下张老圩子逃去。就是那次逃难，让张冀牖永远地留在了老家。1938 年秋，张冀牖因病在肥西乡下去世，当时仓促下葬，至今墓地还没有找到。

再后来，张家人再回合肥，发现龙门巷已经消失了。尤其是 20 世纪五六十年代后，很多城市的地名和规划都发生了巨变。

1971 年，在美国生活了 20 年的张充和女士还一再向家人打听龙门巷的情况，大弟张宗和当时回信说："听家乡人说合肥变化最大，老城几乎全变了，现在的路都是新路，什么小书院、大书院、范巷口等地名早已不见了，自然更不要说什么龙门巷了。”

对于龙门巷的具体地址，合肥媒体曾有过多次追溯，一种说法是“在合肥前大街（今长江中路）街北龙门巷（又名龙眠巷，即市工商局老楼东到城改办楼），门对后大街（今安庆路）……”

还有人说是在今天的“舒城路”，有人说是在老安徽日报社宿舍附近，有人说是在老新安晚报社附近。

可见，地名一旦消失得太快太久，后人根本来不及记录和查找。

欣慰的是，还有一位张家人记得。张煦和先生，著名画家，曾为合肥市政协委员，与名家黄永玉先生、韩美林先生等多有艺术交流。张煦和的父亲张成龄曾与张充和一起由识修收养，因此张充和与张煦和一见如故，亲姐弟一般，而且两人有着共同的艺术爱好，每次见面他们都会聊到合肥，聊到龙门巷旧事。张煦和说他是最后一个从龙门巷搬出来的，后来房子都全拆了。他记忆的地址就在安徽日报社宿舍附近。

曾见过张充和年轻时在龙门巷的留影，戴着时尚的宽檐大帽，坐在巷子口假山旁，留下了一个美丽的倩影，随着时光的变迁，照片已经不太清楚了。龙门巷的记忆，或许注定成为久远的记忆。

欣慰的是，还有九如巷。

苏州九如巷东出五卅路，向西折南通十梓街，向北穿越住宅楼可抵体育场路。巷长 161 米，宽 4 米，弹石路面。

这条巷子走过了张冀牖与陆英的身影，走过了张家四姐妹的身影，也走过了顾传玠、周有光、沈从文、傅汉思等人的身影。

九如出自《诗经》，分别为如山如阜、如冈如陵、如川之方至、如月之恒、如日之升、如南山之寿、如松柏之茂。

但是九如巷似乎与短暂的吴王张士诚有关。清朝时《苏州府志》记作狗肉巷，并注：“或作钩玉，相传淮张葬宫妃于此，仿玉钩斜也。”民国《吴县志》作钩玉巷，并注：“（在）平桥北，同治《志》作狗肉巷，或作钩玉，相传淮张葬宫妃于此，仿玉钩斜也。按：俗讹九如巷。”《红兰逸乘》卷一：“钩玉巷，淮张时宫人埋玉之地也，故近王府基。”

张家办学的乐益女中即在这里，早期招生简章的校址就是“皇废基”三个字。皇废基旁即是城市大操场，早年曾是处决犯人的地方，从张家四姐妹的记忆文章可知，她们早期经过时还能见到人的骷髅头。

皇废基现在已经少有人记忆，倒是旁边的锦帆路常为人记起，这里住着章太炎、叶楚伧等名家。锦帆路原本是内城边的一条河，张士诚用锦绣丝绸做船帆，泛舟游玩，于是，留下了锦帆路的地名。周有光与张允和新婚时一度就住在锦帆弄，周老先生百岁后还记得，锦帆弄以前是有水有船的，后来都被填掉了，名不副实了。

九如巷几十亩地最早是陆英买来准备办学及发展蚕桑丝织事业的，可惜她英年早逝，未能如愿。倒是张冀牖的女中在此办得风风火火，走出了丁景清、匡亚明、张闻天、侯绍裘、叶天底、胡山源、葛琴、黄慧珠、上官云珠、许宪民、葛琴、叶至美等师生。还成为共产党和国民党的地下党部。

更为人津津乐道的莫过于沈从文来到了九如巷，1933年夏，沈从文带着特殊的“聘礼”大胆穿越现实藩篱，终于走到了张兆和家门前。这一年九如巷的夏天尤其热，却给了沈从文无穷的热情，“我行过许多地方的桥，看过许多次数的云，喝过许多种类的酒，却只爱过一个正当最好年龄的人”，终于他迎来了人生最美的一个季节。

此后，九如巷是沈从文常来的“胜地”，政治运动、北方大地震时，他在这个略显僻静的小巷深处，为《中国服饰史》做着构思，也为他的小说一遍遍做着绣花似的修改。创作之余，他在小五弟张寰和陪同下逛观前街、游拙政园、淘旧书、登天平山，有时还去皇废基逛逛菜市场，真是难得的“偏安”时期。当时，沈从文先生记得，张寰和夫人周孝华的精湛厨艺和计划时期“夜班抢菜”的精神，使得他在饮食起居上无忧，后来在给家人的信文中多次致谢。有一次，沈从文孙女沈红随祖父暂住九如巷，正好赶上九如巷旧居要被拆了，为此小沈红在爷爷的指导下，为这座老房子留下了一幅写实画，沈从文先生也做了简短的注，很是富有纪念意义。

2015年冬，九如巷“张冀牖故居”终于被政府挂上了“保护牌”，尽管牌子上写的历史资料有些谬误，但到底是强调了保护。短短的九如巷里，乐益女中已经走过了近百年的历史。张家小院里的老井，依旧清冽，迎接着一批批慕名前来拜访的客人。

清风水影，一切看似都在远去，但是沉淀下来的脉脉斯文，正成为两个城市的家族文化和历史见证。

在九如巷张家隔壁，就是画家、鉴赏大家王季迁先生的家，后来他去了美国，竟然与旧邻张充和“为邻”，其收藏之富，为华人魁首，这对老邻居在海外一定有着说不完的九如巷话题。

马关，一个写进中国课本的日本城市

祝　勇

日本的下关，即我们通常说的“马关”。日本官方定义的地名没有“马关”。1895 年 4 月，中国清朝政府和日本在此签订条约，双方分别称为《马关条约》和《下关条约》。由此，马关，也成为写进中国历史课本的一座日本城市。

下关，河豚之乡

下关古名“赤间关”，其中的“间”字，日语汉字发音是“马”，所以称为“赤马关”，简称“马关”。在清日和谈官方文书中，清政府称此地为“马关”，日本称此地为“下关”，因此和谈条约也被双方分别称为《马关条约》和《下关条约》。

我们此行目的是为中央电视台拍摄26集大型历史纪录片《历史的拐点》，其中有6集的“甲午战争”，专门赴日拍摄日方史料和遗迹。同时，我还在写作《隔岸的甲午》一书，试图通过日本视角看甲午战争，交东方出版社出版。

我们在本州和九州两岛之间往返，马关是必经之地。它位于本州岛最南端的山口县，与九州岛隔着一弯窄窄的海峡，即关门海峡。有一条山阳道，就紧贴着关门海峡伸展，干净的街道，仿佛每天都被海峡的风沐洗过，时而有年轻的恋人趴在步行道边的栏杆上，眺望对面的九州岛。抬头看天，关门大桥凌空而起，早已把天堑变成通途。但在丸尾公园和火山公园之间的御裳川，道边却排列着五门火炮，扼守着海峡，显示着这座城市因其地理位置而在历史中占据的独特地位。

水产和水果都是这座城市的特产，所以在这座城市里生活的人，不仅独占着水天一色的美景，他们的口福也令人望尘莫及。我们拍摄了唐户市场。与我们国内幽暗腥腻的水产品批发市场不同，这家下关市最大的水产品批发市场，就像是一座巨大的水族馆，各种鱼类在透明的容器内摇头摆尾，即使是冷冻的水产品，也都摆放在精致的器皿里，像花道一样一丝不苟。我想起自己曾经在巴塞罗那的菜市场内游荡，周围蔬果丰美、鲜花绽放，仿佛置身在一个丰饶的花园里。巴塞罗那的菜市场，颠覆了我对菜市场的传统印象。唐户市场也是一样，在这里转悠，不仅容易激起无限的食欲，更会激发起对生活的渴望。

夜幕降临的时候，我们坐在海边的料理店里，喝清酒，吃河豚。河豚是下关的特产，每年产量约 12 万吨，占日本全国的 90%，因此被称为“河豚之乡”。在海边，店铺一家挨着一家，许多都经营河豚。现实生活的场景，似乎遮蔽了与历史的联系。但历史不可能被割断，它就藏在河豚里，近在眼前。

李鸿章来时，谈判地点春帆楼就是当地著名的料理店。它的早期主人藤野玄洋曾在这里开设医院，他死后，他的夫人又在这里开设了一家料理旅馆，以毒河豚这道名菜而闻名日本。伊藤博文曾多次来这里品尝，流连于这里的春光帆影，提笔写了“春帆楼”这个店名，它的牌匾，至今仍保存在“日清讲和纪念馆”内。楼主病逝后，下关人林平四郎于大正九年（1920 年）买下这座楼，在门口立了一块“讲和碑”，请在《马关条约》谈判时担任内阁书记官长的伊东巳代治写了碑文。这块碑至今仍竖立在春帆楼的庭院里。

春帆楼内，觥筹交错，李鸿章想必也吃过河豚，只不过以他当时的心情，端不动伊藤博文为他接风的酒杯。那一年李鸿章已是 73 岁，像他所效忠的帝国一样衰老，而伊藤博文才 54 岁，年富力强，眉宇间有一种逼人的气势。李鸿章这匹瘦马，几乎拉不动大清帝国这驾破车了，马将死，车将翻。

此时，我心情放松地坐在海边的料理店里，心里想着 119 年前的李鸿章，突然感到一种罪孽感，觉得自己是那么的没心没肺，有点对不住他老人家。此时他老人家若推门进来，不知是对我怒目而视，还是为我们生活在这样的一个时代里而深感庆幸。

李鸿章与伊藤博文

1895 年 3 月 15 日，李鸿章带着皇帝“承认朝鲜独立、割让领土、赔偿军费”的授权，从天津出发，19 日抵达日本下关。20 日展开谈判，是双方预定的，所以李鸿章在给朝廷的电报中说：“起程须扣算到日，不先不后，乃得体。”虽为战败之国，身系国家命运的李鸿章，依然不忘保持体面。

李鸿章和伊藤博文不是第一次相见。30 多年前，

19 世纪 60 年代初，伊藤博文还是个 20 多岁的小青年，受“黑船”事件的刺激，取道上海，前往西方学习。那时的上海，正是李鸿章的天下。1862 年，李鸿章带着刚刚成立的淮军，在安庆北门集合，沿长江而下，直抵太平军聚集的上海。谁也不会想到，正是这群被蔑称为“大裤脚蛮子兵”的安徽子弟兵，以 7000 打 10 万，一举占领了上海。李鸿章也迎来了他一生事业的高峰，办洋务，建海军，一发而不可收。

那时二人是否见面，我们已无从查考，但伊藤博文一定会知道李鸿章的威名。

又过了 20 多年，到了 19 世纪 80 年代，大清帝国海上之梦被溃烂的官场一点点地腐蚀，已经趋于黯淡了。但这个沉落的梦想却仿佛跷跷板，把日本的野心跷起来。1874 年，日侵台湾。5 年后，占领琉球。又过了 10 年，到了 1884 年，为了解决大清帝国和日本在朝鲜问题上的纠纷，李鸿章和伊藤博文在天津进行了谈判，签订了《天津条约》，规定同时从朝鲜撤军，“今后朝鲜国若有重大变乱事件，清日两国如要派兵，须事先相互行文知照”。正是这一条款，为后来的甲午战争埋下了伏笔。

正是这次会面后，李鸿章提醒总理衙门：“大约十年内外，日本富强，必有可观，此中土之远患而非目前之近忧，尚祈当轴诸公及早留意是幸。”

而伊藤博文对大清帝国则有着完全相反的预言：“有人担心三年后中国必强，此事直可不虑，中国以时文取文，以弓矢取武，所取非所用；稍为更变，则言官肆口参之。虽此时外面于水陆军俱似整顿，以我看来，皆是空言。”

意思是说，中国人还在用八股文来选拔文官，用弓箭来选拔武官，他们所学的，在当今世界上已没有用武之地；纵然有人想稍做改革，也会被言官们骂得一文不值。虽然从表面上看他们在整顿陆军海军，但在我看来，都是些空话。

无论是李鸿章，还是伊藤博文，对对方的判断都准确无误。不同只在于，伊藤博文的判断成了日本的共识，而李鸿章的判断则被视为危言耸听、为自己建北洋捞资本。10年后，双方的预言都得到了验证，一张谈判桌，分开了截然不同的命运，一为刀俎，一为鱼肉，李鸿章深刻的痛感，无人能够体会。

李鸿章看见案板上的河豚，就等于看见了自己。

孙郁说：“他知道大清帝国衰微的结局，但一面又在修补着那个世界，竭力挣扎在东西方文化之间。他在受辱和自尊间的平衡点里，重复了古中国庙台文化与市井文化的精巧的东西”，“内心的体味一定复杂是无疑的了”。

说白了，就是死马当活马医罢了。

谈判所春帆楼

许多历史书中引用的春帆楼的照片都是错误的，我也被误导了很多年，直到抵达实地，才弄明白这一点。那座有着歇山式屋檐的土黄色建筑，频频出现在各种历史读物中，但它并不是春帆楼，而是“日清讲和纪念馆”，是1937年建立的。在它的旁边，正对海峡的山坡上，才是春帆楼的原址。门口立着一块史迹碑，方形的碑柱上，用楷书刻写着“史迹春帆楼日清媾和谈判场”。

木构的春帆楼，当地一家著名的料理店，已经在1945年的一场大火中消失，如今在原址上建起的，是一座现代化的酒店，红男绿女出入其中，历史在他们的脸上不留一丝痕迹。120年前与清国的那场战争，许多日本人不感兴趣，所以旁边的那座“日清讲和纪念馆”，尽管是公益博物馆，却连专门的服务人员都没有，访者更是寥寥无几。出于拍摄的需要，我们提前与管理部门联系，提交了拍摄申请，他们才派了一名女秘书，带着一串钥匙前来给我们开门。这让我觉得有点像中国某些县城的博物馆或纪念馆，只有漂亮的房子，却是门可罗雀，无人问津。

我们早早就等在门口，准备好拍摄器材，没有等来女秘书，却先等来一场微雨。那时虽然已是暮春，而且身处日本的南方，但微风中依旧带着一丝寒气，从海峡上吹过来，冷冷地掠过面颊。春帆楼在阿弥陀寺町的半山上，被一片葱绿簇拥着。站在春帆楼的门口，可以看见海峡的一个片断，像大片中的某个特写。有巨型的货轮，还有日本自卫队灰蓝色的军舰，从海峡中缓缓通过。

当年之所以选择春帆楼作为谈判地点，正是因为这里是炫耀日本军力的最佳地点。透过春帆楼的窗子，就可以看见海峡里游弋的日本军舰。那些军舰从北洋舰队的炮口下死里逃生，此时却给清方谈判代表造成了巨大的心理压力。

自卫队的军舰和伊东巳代治碑文中的文字形成某种呼应关系。他用中文写下这样的话："呜呼！今日国威之隆盛，实滥觞于甲午之役！"在日本，很少看到中文标识和说明书，"日清讲和纪念馆"特别使用中文，可以理解为对中国参观者的关照，也可以理解为某种刺激。因为这个纪念馆，对中国人有着不同的意义。正是在春帆楼，我们的国家一度失掉了辽东半岛、台湾、澎湖列岛，失去了对朝鲜的宗主权，还赔偿日本军费两亿两白银，养肥了日本军国主义，把杀人刀磨得更快，再来大肆屠杀中国人。1899年，戊戌变法失败，亡命日本的康有为乘船从关门海峡经过，远远地望见春帆楼，满怀伤痛地吟出四句诗：

碧海沉沉岛屿环，
万家灯火夹青山；
有人遥指旌旗处，
千古伤心过马关。

女秘书准时出现了，打开那扇关闭已久的木门，出现在我们面前的，是一间面积不算大的展室。但所幸有了这座纪念馆，当年谈判现场的所有文物才没有在春帆楼大火中烧毁，它们被提前转移到这里，完全按照原样陈列。展厅的灯光并不明亮，但展厅中央那张长条形谈判桌依旧赫然入目。谈判桌上，当年的笔砚依旧摆放在原处，李鸿章座位下的痰盂也在。这样一个封闭的场景很容易造成某种错觉，仿佛此时只是暂时休会，一分钟以后，谈判者就会走进来，各就各位。

一百多年的时光仿佛被抽空了，幽冥中，我仿佛听到了李鸿章的咳嗽声。

李鸿章一行在1895年3月20日下午3时抵达春帆楼。《时事新闻》记者写道：“李鸿章略感风寒，仍决定下午3时与我全权会见。2时半许，在县警察官护卫下，李鸿章一行乘小野田丸蒸汽船到达阿弥陀寺町镇守神社前。从船到栈桥之间需经过一段石阶，两名侍从谨慎搀扶李全权越之，实乃清国大员之风采。据闻李鸿章小病后面色健润，佩戴一副金缘白玉眼镜，上身着黑色官衣，下身茶缎裤子，足蹬薄靴，身高五尺六寸，高大过人。一行官员9名、护卫6名登上东栈桥。李经芳先上陆和前来迎接的日本官吏寒暄，山侧聚集甚多遥望清国大人物的本地百姓。李鸿章乘坐专门预备的坐轿，李经芳以下官员乘人力车，通过夹道整列的宪兵警卫，直接前去谈判所春帆楼。”

李鸿章先是在楼下小憩了片刻，然后超过预定时间5分钟后进入谈判会场。我想，这一微小举动绝对是有意而为的，它的潜台词，也许是要凸显自己的重要性——即使是一场任人宰割的谈判，也要摆出一副傲然的姿态。

“日清讲和纪念馆”的展品中有一件锦绘《媾和谈判之图》，在这幅图画中，伊藤博文、陆奥宗光，以及他们身后的三位日方通译官一律傲然站立，李鸿章、伍廷芳及清方通译官则弯腰鞠躬，媚态十足。这幅画透露出日本人当时某种狂傲的心态，只是这种自鸣得意在今天看来未免好笑。连展览的说明牌都不能不解释，这幅画只是从日本当时的视角描绘的。

那一天，伊藤博文见李鸿章进来，走过来握手致礼，然后按照事先摆放好的名签各自落座。

《东京日日新闻》的记者对现场环境有这样的描写：“春帆楼的主人藤野已经离开，室内陈设金色屏风，摆置各种盆景显得幽静高雅，春帆楼周围配备警官宪兵严密警卫。”

李鸿章是明白人，一眼就看穿了这场战争输在哪里。军事的失败只是表象，政治的失败才是本质。只是李鸿章这根老蜡烛，油尽灯枯，他的风度，丝毫改变不了谈判桌上的弱势地位。结果早就摆在那里了，像一场无法摆脱的宿命。李鸿章早就看到了这一点，所以他采取了拖延战术，不能让日本人的便宜来得太轻易了。他手里没有任何谈判的本钱，但他有的是耐心。而日本激进青年小山丰太郎射向他面部的那一枪，刚好给了他拖延的理由。这场拉锯战一直进行到4月10日，在病榻上辗转的李鸿章对割让辽东半岛、台湾，以及两亿两白银赔款的要求表示强烈反对。

遗憾的是，甲午海战前，大清帝国的密电码已被日本人掌握，李鸿章此间发给朝廷的电报全部被日本破译，日本人对李鸿章的底牌了如指掌，终于以武力相逼，向李鸿章发出最后通牒。

4月15日，双方第六轮和谈，这次会议持续了5个小时，李鸿章以近乎哀求的语气，请伊藤博文这个老朋友给个面子，但这个面子，伊藤博文最终没有给。李鸿章请示朝廷，得到光绪皇帝“即遵前旨与之定约”的旨意后，决定屈负天下骂名，答应第二天签约。

一切都尘埃落定了，李鸿章拄着拐杖，徐徐站起身，对伊藤博文说了句："没有想到阁下是这样严酷执拗之人。"说罢，转身离去。

引接寺与李鸿章道

李鸿章下榻的地方，叫引接寺，距离春帆楼只有300米，是一座1560年建、本尊"阿弥陀如来"的古刹。从引接寺到春帆楼，有一条蜿蜒的山路，是当年日方为李鸿章的安全和方便而专门修建的。但李鸿章还是在这条小路上，被日本愤青小山丰太郎在面部狠狠地打了一枪。这条路现在是一条柏油路，弯弯曲曲，一面是山体和春帆楼的水泥围墙，另一面是悬崖边的水泥栏杆。山路边竖着这条路的路牌，白底蓝字，上写"李鸿章道"。

回环曲折的道路，暗合着李鸿章千愁百转的心情。李鸿章此去，知道等待他的是什么样的前景，一切都已经注定了，不可能有意外。

他归来的时候，江山将不再完整。

他曾经的梦想，也被肢解得支离破碎。

1895年4月17日上午10时，中日两国正式签订《马关条约》。条约签订后，李鸿章一日也不想多留，于当天下午3时30分乘船离开下关。

第二天，伊藤博文在春帆楼举行答谢会，热烈祝贺《马关条约》的成功签署。伊藤博文在演说中说："今天具有历史意义的《下关条约》，在诸多外国势力的关注下，我陆海军仰赖天皇陛下的威严，取得了古今未曾有过的殊荣。它在世界上壮大了日本的名誉和国威，此乃国家之喜、民众之幸，请诸君永远记住今日在下关诞生的历史荣誉。"

以战争的方式赚取外汇，这让紧追西方大国的日本找到了新的经济增长点。伊藤博文和陆奥宗光从此被视为民族英雄，在春帆楼和"日清讲和纪念馆"之间的空地上，我看到了这两个人的青铜雕像，表情坚毅，目光如炬，仿佛在为日本开拓着万里波涛。

"日清讲和纪念馆"成立时，和谈时担任外务大臣秘书官的中田敬义挥笔写下四句诗：

和成耀世国辉扬，
恢廓宏图自是张。
号祖当年折冲处，
乃存旧迹永斯彰。

与他得意的表情相对的，是中国人痛楚、茫然的目光。

当日本通过“近代第一次对外战争的全面胜利……进入军国崛起的时代”，大清帝国却以因噎废食的方式，为自己的军事近代化历程草草画上句号。

此消彼长之间，两国的命运已彻底逆转。

贝尔格莱德读书记

——《哈扎尔辞典》地理阅读笔记

陈丹燕

一、真正的白昼熄灭了，是被过去与未来这两个永恒吹灭的

他（饱学之士，十七世纪的塞尔维亚军官勃朗科维奇）明白了人类大大延误了打开自己的昨天和

明天的时间，竟在人类出现后的亿万斯年之后才去打开，先是打开明天，然后是昨天。当真正的白昼熄灭于暮色之中时，他用一个久远的夜打开了明天和昨天。今天的白昼紧紧夹在过去与未来之间，已濒于断裂，可在那天夜里，过去与未来膨胀到了几乎要相连的地步。此时此刻也和那天夜里一样。真正的白昼熄灭了，是被过去与未来这两个永恒吹灭的。（《哈扎尔辞典》第 273 页）

贝尔格莱德在凌晨时分竟然非常安静。

我坐在莫斯科大饭店楼上客房的宽大窗台上俯瞰楼下的街道，1860 年纪念塞尔维亚公国再次宣告的纪念碑喷泉在凌晨发出哗哗的流水声。19 世纪的塞尔维亚公国其实好小，疆土也就是现在的贝尔格莱德这么大而已，但对 14 世纪科索沃之战后失去王国 500 年的塞尔维亚人来说却意义重大。

啪嗒啪嗒，这是奥斯曼军队在战争古道上的行进声。

咚嗒咚嗒，这是奥斯曼军乐的鼓声和喇叭声。

哆来咪，哆来咪，哆来咪来哆西拉西哆来，这是维也纳的莫扎特写的《土耳其进行曲》，一团天真，他戴着白羊毛做的巴洛克假头套，完全不懂巴尔干。19世纪60年代，奥斯曼帝国式微，战败，终于撤出塞尔维亚公国。可是，奥匈帝国又来了。奥匈帝国的兵士直接占领斯特凡·拉扎列维奇公爵的修道院，在他的湿壁画肖像旁，用小刀刻下自己的名字佛朗茨·沙烈斯科维奇和他的地址，如今这个叫普莱斯帕克的，是位于捷克境内的一座小城。

这里真是巴尔干火药桶上的开关，巴尔干之钥。

来贝尔格莱德以前，我准备好应对久经战火的地方，可遇见的却是一团黎明前深重的宁静。

又长又宽的黄色电车从一团漆黑的宽阔大街深处浮现出来，灯火通明地停靠在楼下莫斯科咖啡馆门前，在明亮的车窗前，有零星的乘客一动不动地望着窗外，隐约能看到他们被浅色的头发环绕的面孔，男人长着一个结实多肉的斯拉夫大下巴。那些脸和肩膀，水滴般倒映着平静与忍耐，这就是我第一眼看到的塞尔维亚人的样子。

这安静之处到底还是1999年被美军战机轰炸了78个夜晚的城市吗？还不算1941年为使贝尔格莱德投降，德国空军在此实施的轰炸，那次将萨瓦河边的国家图书馆炸成大洞，里面的塞尔维亚档案悉数尽毁。以及1944年，为赶走德军，英军飞机对贝尔格莱德实施的轰炸。这次轰炸选在了复活节，炸毁了一辆正在行进中的火车，死亡的人数甚至超过了德军几年前的轰炸。因此，在我的印象里，这是个空中时不时要落下炸弹的城市，可它迎头给了我一个宁静的深夜，令我惊奇。

有个穿深色外套的男人从车上下来，无声地跳上街道边上的月台。这个人让我想起卡拉季奇。

2008年前塞尔维亚总统卡拉季奇也是在贝尔格莱德的一个公交站上被捕的。他现身时，原先额上一大把灰色的头发已然全白，在头顶上扎成一个发髻。他留着一把雪白的大胡子。据说他瘦削专注，一副与世无争的样子，就像从摩拉瓦河谷那些古老修道院里来贝尔格莱德办事的东正教修士。海牙国际法庭指认卡拉季奇为屠杀波斯尼亚7500名回教徒的战争罪犯，20世纪90年代初他力图阻止波斯尼亚独立而血洗萨拉热窝，犯下了自第二次世界大战以来欧洲最严重的战争罪行。自1995年以来，他一直作为塞尔维亚头号战争罪犯被通缉。

被通缉的13年里，卡拉季奇却并未离开贝尔格莱德。他甚至成为塞尔维亚语诗人和贝尔格莱德的执业精神科医生，他也一直生活在73路公共汽车沿线的新城区。隐居的这些年，他出版诗集，为病人看病，甚至他还是贝尔格莱德的精神卫生杂志《健康生活》的长期作者。1999年，他与人们一起经历北约对塞尔维亚各地的大轰炸，那次，塞尔维亚再次失去了科索沃。

电车站前的地面上用黄色油漆画出公交专用线，写着大大的英文——BUS。和旧金山加利福尼亚大道上的汽车站地面一模一样。

这真是神奇的地方。

在黎明，我出门，沿着大坡往下走，路过巴尔干饭店，路过安德里奇先生在第二次世界大战期间写大桥三部曲的普莱茨伦大街 7 号，路过金色马哈鱼咖啡馆，它曾是 1914 年穷困的塞族少年普林西普得到暗杀斐迪南大公夫妇用的手枪和炸弹之处，它在贝尔格莱德的多次轰炸中奇迹般地保留了下来，隔着玻璃窗，还能看到当年自由波斯尼亚读书小组的少年们玩台球的地方，如今还放着台球桌，好像奇迹一样。

然后，我见到了黎明前的大桥。这就是 1999 年为了阻止美军飞机炸毁这座大桥，贝尔格莱德市民拖家带口日夜站在桥上，穿上印着靶心标志的统一 T 恤，这才保留下来的桥。桥的四周如今画满了涂鸦，显示着一种愤怒而诗意的无政府状态，走上大桥时我看到路灯勉强照亮的咖啡馆墙上，画着快乐地骑在各种脚踏车上风驰电掣的人们。然后我看到贝尔格莱德老塞族隔都，这是奥斯曼统治贝尔格莱德时强迫塞族人集中居住的老城，那些已经被磨得异常光滑的鹅卵石街道，被晨露打湿，闪烁着坚硬的微光，那里如今是老城最有诗意的地方，充满了铺天盖地的涂鸦和手写的诗歌，以及愤怒的咒骂。我看见了 1944 年被炸毁的国家图书馆坍塌的院落，以及从那里长出来的大树。然后看见一辆绿色的有轨电车缓缓穿过远处的街道，那是1999年轰炸后，由巴塞尔市政府捐赠给贝尔格莱德市的老式有轨电车，巴塞尔的电车已经更新成子弹头式的了。

然后，我走上了如今空无一人的大桥，我独自站在了大桥的中央，想象自己身穿一件印有靶心的T恤，赴汤蹈火奔赴过去与未来之间的微小裂隙，那是帕维奇在1982年就点出来的真实的现在。

二、贝尔格莱德的三尊青铜像

此时，康斯坦丁（发明了塞尔维亚基里尔文字的圣人基里尔）察觉到他脸上的第四条皱纹出现了：威尼斯皱纹，这条皱纹加上萨马拉皱纹、哈扎尔皱纹和斯拉夫皱纹，它们纵横交错地分布在他的脸上，好似四张网撒向同一条鱼。（《哈扎尔辞典》第62页）

从1860纪念碑那里，我回头望了一眼莫斯科大饭店。咖啡馆的大玻璃窗里透露出金碧辉煌的天花板上捷克水晶吊灯沉重的光芒。那里是晚年的依沃·安德里奇先生每天下午都去的地方。说起来，他也是在萨拉热窝长大的，和卡拉季奇一样。

不过安德里奇先生晚年生活在一个巴尔干难得安宁的时代。1860年纪念碑旁边的莫斯科咖啡馆是他生活中的最爱。他常常去那里喝些不加奶的土耳其咖啡，再用一杯白水冲干净嘴里的咖啡渣。那款咖啡是莫斯科咖啡馆的招牌咖啡，又烫又黑又浓烈，却与意大利的浓缩咖啡口味截然不同。

安德里奇少年时与在1914年刺杀斐迪南大公夫妇的普林西普一样，都是“青年波斯尼亚”激进的读书小组的成员，他甚至也是普林西普在萨拉热窝时的朋友。少年时代，安德里奇已经显露出写作的才能，他还为普林西普写的诗歌提过意见，鼓励他继续写作。

刺杀案发后，受到普林西普牵连被捕的有20多个人，“都是19岁甚至更小的男学生”，安德里奇也被捕且关押。只是他在1917年被释放，得以到奥地利和波兰继续学业。40年代德国侵入贝尔格莱德，安德里奇隐居在老城区的一幢如今刷成淡黄色的老公寓里，在两次大轰炸之间的4年时间里，写出日后赢得诺贝尔文学奖的“波斯尼亚三部曲”。甚至因为他的小说，他家乡那座400多年的土耳其石桥成为世界文化遗产。在如今总统府旁边的绿地里，竖立着他晚年在大街上低头散步的青铜雕像，他功成名就。但在此不远的地方，两条大街交会处的小街心花园里，竖立着普林西普的青铜雕像，17岁的塞族少年茫然望着前方，他甚至高中都没能毕业，他被人称为世界上第一个恐怖主义者，也被人称为塞族的英雄。

第二次世界大战时，安德里奇在写作时常去街对面的一家小餐馆吃饭，那家小馆子如今还保留着当年的深褐色护壁板，护壁板上方镶嵌着镜子，安装着黄铜衣钩。而以一己之子弹引发第一次世界大战的羞涩沉默的少年普林西普有时也去这个小餐馆，他只能吃最便宜的食物，甚至他常常饿肚子。金色马哈鱼咖啡馆就在安德里奇公寓的斜对面，1914 年 6 月，初夏到来的时候，普林西普和他的两个同学拿到了手枪、子弹和炸弹。送枪来的军人问瘦小的普林西普，是否真的会打枪，能否真的进行刺杀，他只说："是的，我能。"而安德里奇日后说，他赞同暗杀行为，只是他自己不能杀人。

在贝尔格莱德老城区，有两尊青铜雕像，一尊是安德里奇，另一尊是普林西普，两个曾经是同一塞族少年读书小组的成员。

说起来，我是为了细读帕维奇的长篇小说《哈扎尔辞典》而来，却庆幸自己住在莫斯科大饭店里，在这里找到了与安德里奇一生的地理连接。想起来，安德里奇与晚一辈的帕维奇，从富有 19 世纪余韵的现实主义小说，到 20 世纪最出色的现代主义小说，真是对巴尔干故事描绘里最完美的过渡了。

在晚年的安宁里，安德里奇先生在莫斯科咖啡馆里阅读，会见前来访问他的苏联著名的文学批评家们，直至吃过晚饭，才走回家去。莫斯科大饭店带有强烈的维也纳新艺术风格，是贝尔格莱德负有盛名的饭店，整个南斯拉夫都曾经以去莫斯科大饭店喝咖啡为生活中隆重的事情。那时正是南斯拉夫鼎盛之时，铁托还健在，南斯拉夫作为一个社会主义联盟国家，正昌盛强大，幅员辽阔，是华约成员国里最富庶的，也是最自由的。他本人已获得诺贝尔文学奖，卸任外交官后，他过着受人尊敬的生活。莫斯科大饭店有种细长的面包棍很可口，与其说它像法国长棍面包的口味，不如说它更令人想起斯拉夫口味，洋溢着朴素的麦香。那里的火腿也与欧洲东部加大蒜的萨拉米肉肠不同，更为细长结实，令人想起奥斯曼骑兵的食物。如今塞尔维亚各地，人们习惯了土耳其食物的口味，面包的形状和咖啡的口味，特别是土耳其口味的新鲜奶皮，它喷香柔滑，令面包成为难忘的美味。离开土耳其之后，我也只有在塞尔维亚吃到了这样好的东西。

这时，奥斯曼再也不是南斯拉夫的威胁，甚至科索沃也回来了。历史上的交战形成如今融合而多元的风貌。听说安德里奇喜欢吃莫斯科大饭店咖啡馆里做的一种叫“一片德国”的蛋糕，这与他早年在德语地区求学的经历有关。如今想来，安德里奇生活的那个“当下”真是幸运的当下，不论是与他少年时代的朋友普林西普相比，还是与他下一辈的作家帕维奇相比。

帕维奇则更喜欢仰面躺在床上写作，与安德里奇的时代不同，帕维奇经历了强大的南斯拉夫终于再次崩溃的过程。贝尔格莱德大学社会科学学院的院落里，还有一家咖啡馆，散漫地放着木头桌椅，墙上挂着黑板，只在墙角安放着一座希腊年轻男子的石像，大卫式的胸肌，谛听般微微侧着俊美的面庞。在房间的另一个角落，安放着另一座年轻女子站立的躯体雕像，苗条的裸体微微扭动了腰肢，好像一句承诺。这应该就是帕维奇先生常去的那家。

他的办公室就在大学建筑的楼上，长期以来他都是贝尔格莱德大学的哲学教授，研究巴洛克时代的哲学。他同时创作文学作品，小说、历史故事、诗歌和剧本，但直到安德里奇获得诺贝尔文学奖6年后，帕维奇才得以发表第一部诗集《羊皮纸》。与安德里奇不一样，帕维奇轻轻放过了与奥斯曼的各种纠葛，轻盈地将自己连接在奥斯曼还在孔亚附近征战的年代：东罗马帝国时代，甚至更早的罗马帝国时代。公元前的贝尔加蒙王国文明灿烂，诞生了与古埃及的莎草纸相应的羊皮纸。

世界这样丰美，要不是为了帕维奇的长篇小说《哈扎尔辞典》，也许我不会来贝尔格莱德。1982 年，帕维奇从诺维萨德大学哲学系系主任的职位上离开，来到他当年获得哲学博士学位的贝尔格莱德大学担任教授，带着写到一半的《哈扎尔辞典》，回到他出生的城市。那时，南斯拉夫时局开始动荡，联盟分裂的阴影越来越浓。1983 年，《哈扎尔辞典》在离大学只有一个街口的 PROSVETA 出版社出版在即，帕维奇去到书店楼上的编辑部看最后的校样，现在他工作时用的房间还在原处，他摊开校样的桌子也在原处。那里还竖立了一帧小油画，画的是安德里奇作为出版社编辑委员会主席，在此开会的情形。最新一任总编辑米兰科维奇曾与安德里奇同住在一条街上，从小看着他在树影里缓缓走去莫斯科大饭店咖啡馆吃点心，却从不敢招呼这位名人。

这两个南斯拉夫最重要的作家生活在最近一次巴尔干的起伏之中。与安德里奇相比，帕维奇对塞尔维亚历史与现状的看法要丰富和含混许多，我想这正是帕维奇不得不采用迷宫式结构和超现实写法的出发点。安德里奇写奥斯曼血贡制度下，那些塞尔维亚青年深刻的身份危机，这也是一种历史带来的绝境。但比起安德里奇描绘的绝境，帕维奇对塞尔维亚历史的认知要更复杂，更悲哀，更独立无援。

沿着当年安德里奇散步的路线，我经过几座灯光黯淡，墙上贴满各种花里胡哨海报的人行过街地道，来到米哈伊洛大公街。这条街通往共和广场，广场上竖立着米哈伊洛·奥布雷诺维奇大公像，青铜像后就是国家博物馆，据说 1999 年被北约炸坏，红砖的建筑至今都被脚手架包着。米哈伊洛大公街两边都是些带有铸铁阳台和高大白色窗子的老公寓，底楼拱形门厅天棚的中央，用粗大的黑色链子吊着沉重的玻璃吊灯，令人想起维也纳老城。广场中央的喷泉也哗哗地喷着水，西风吹了一夜，将喷泉里的水都吹到水池外，街道上全都湿漉漉的。

DERETA 书店里设有米洛拉德·帕维奇著作专柜，塞尔维亚版的《哈扎尔辞典》封面不如中文版的精致好看，但确实有种货真价实的本土生命力，就好像一个人穿了与他精神气质最吻合的衣裳所显现出来的自在。一团浓黑的夜色里，书店橱窗显得格外明亮，散发着书店安宁而矜持的气息，一切似乎都还停留在 20 世纪 90 年代初。甚至更早，编辑们在书店深处的职员区里会见作者，那里放着一对杏黄色的旧沙发椅，以及一张宽大的旧写字桌。

透过玻璃窗，能看到店堂的天花板上吊着一张大幅海报，不是新书海报，而是一张发黄的旧照片。有个满面病容的年轻人站在照片里，他缩在皱成一团的衣服里，哀伤地望着前方。他就是普林西普。在沿途各种咖啡馆，甚至杂货店的橱窗里都能见到他站在同一张照片里。贝尔格莱德是这样纪念第一次世界大战爆发100周年的。

第一次世界大战的爆发终结了欧洲美好时代的生活方式，远在瑞士的蒙特勒也因此受到了冲击。广播电台播出了奥匈帝国向塞尔维亚王国宣战的新闻之后，曾因为完美无缺的湖景和奢华舒适的大酒店闻名欧洲的度假胜地蒙特勒，客人们纷纷连夜结账回家，生怕战火迅速蔓延。美好时代拥有700多张客床的蒙特勒人去楼空，西庸城堡夏季新出产的葡萄酒突然变得无人品尝，往返于蒙特勒和日内瓦之间的白色游船无所事事，美好时代就此终结。即使是今天，蒙特勒的游客床位也只有400张。

我想起1999年5月，中国在贝尔格莱德的大使馆被炸。消息传来，上海的大学生们连夜游行到离我家一条街的美国领事馆，学生们抗议的声浪和着温暖的晚风扑入室内。那个礼拜天懒洋洋的傍晚，我们过去看个究竟，我的孩子激动地边跑边喊："世界大战爆发啦，不用上学啦！"——14年过去了，如今我在贝尔格莱德想起她飘荡在丁香花盛开的弄堂里的喊声，发现至今我都不知道她如何得出了这样的结论。

对一个深受刻板教育之苦的上海小姑娘来说，世界大战犹如击破强大的学校控制，让人获得解放。

世界大战激起的反应是如此不同，但一切都源于从书店高大天花板上垂吊下来的海报上，这个 1918 年病死狱中的塞族少年。

我站在夜色深沉的街道上眺望书店，深信自己看到了在 2014 年欧洲各地唯一可见的街景——在世界各地都纪念第一次世界大战 100 年时，只有在离贝尔格莱德大学不远处的书店里，用谋求南斯拉夫独立和统一的年轻刺客的肖像海报来纪念这场战争。灯光照亮的地方，我看到书店传统的放海报的木头架子上架着一厚沓普林西普的肖像海报出售，好像 20 世纪 80 年代世界各地书店里出售的明星海报一样。

一种遗世独立但渊源深厚的是非观荡漾在贝尔格莱德。

难怪帕维奇在接受一次访问时，将自己称作“世界上最遭人恨的民族的最著名的作家”。他说自己生活在一个必须拼命证明自己清白无罪的时代。

帕维奇算是一个长寿的人，普林西普死去11年，他才出生。在童年时代，他享受过两次世界大战之间贝尔格莱德短暂的和平时光，少年时代即遭受过第二次世界大战给贝尔格莱德带来的两次大轰炸。当他成为著名作家，被数次提名诺贝尔文学奖时，他的创作生涯伴随着南斯拉夫的再次解体，贝尔格莱德的再次被轰炸而中断。许多传言都说到，如果他不是生活在此时政治非常不正确的国家，他会因为《哈扎尔辞典》得到诺贝尔文学奖。在他去世的2009年，塞尔维亚再次成为巴尔干走廊上核心地带的一小条山河，就连科索沃也已脱离塞尔维亚10年了。如今这个凌晨，他的青铜雕像披挂着厚厚一层露水，站在普林西普雕像街心花园和安德里奇雕像街心花园之间的人民公园里，这三座雕像都带着浓重的斯拉夫雕塑庄严的气息，在我看来，它们都未能表现出这三个人复杂的人生与内心世界，但无论如何，他们的名字都比自己的生命活得长久。

三、他祖国的历史就是他迷宫的地图

> 虽则屋宇本身早已被履平，影子居然对着伏尔加河水迎风而立。（《哈扎尔辞典》卷首导语，第3页）

今日的贝尔格莱德总让我想起昔日的柏林。

1989年后，两个柏林最初合并之时，东柏林颓唐而古风盎然的街道散发出一股奇异的自由与失落混合的迷人气氛，失修的大房子保留着各种褪色的墙皮，而它们的底楼却渐渐开出各种气质清新的咖啡馆，春天在树上汹涌而出的白色或者紫色的丁香盛开在阳光灿烂的旧街心公园里，映衬着陈旧建筑开裂的墙皮以及摇摇欲坠的阳台。那时柏林什么都是有诗意的，甚至深秋铁灰色的天色和连绵的冷雨也能增加城市的历史现场感，更不用说在柏林各处高大的椴树盛开芬芳清甜的淡黄色花朵的初夏。整个20世纪90年代都是柏林又穷又性感的好时光。但这样的日子，随着柏林作为首都的建设，好像人的年龄一样，渐渐就过去了，注重穿合脚而皮质上好的鞋子，并且贪图精致美食的中年到来，柏林向欧洲各地富足的城市堕落而去。现在，贝尔格莱德顶替柏林成为欧洲又穷又性感的城市。在共和广场四周游逛时，即使天色还未破晓，只有书报亭透露出灯光，我也能感受到这里绝不乏味的气氛，泽蒙更是如此。我猜想是这里的半无政府状态，使得城市得以散发出自由自在的荷尔蒙气味。

贝尔格莱德大街上居然有不少古董店，这是令我惊奇的。它们黝黯的橱窗上倒映着一些刀削过半劈成两半的大房子，从窗户和阳台的布局看去，好像一套公寓被劈开了，又修了新墙。所以，有的像塔一样尖耸，有的则像鞋盒子一样局促。透过玻璃窗上的倒影，能望见里面摆放着满坑满谷精美的旧瓷器、旧精装书、旧油画、旧首饰、旧箱子、旧嵌骨女式书桌、旧鼻烟壶、旧地图、旧夹鼻眼镜，仿佛一整个旧贝尔格莱德都在等待着被收藏与鉴赏，简直不能相信这是个在两次世界大战中都遭受过剧烈空袭的城市。而上了“孤星”旅行书的咖啡馆，透过窗子能看到满墙都是书架，书架上放满了印刷精良的精装本。那些不是装饰，是真正的精装本。

九月广场旁的小街上有家老牌眼镜店。门上贴着一张海报。一副浅褐色的复古款眼镜穿过海报的纸张，准确地架在海报上面尼古拉·特斯拉端正得迷人的鼻梁上。这个天才的物理学家发明了交流电，一生都致力于寻找一种可不断使用的能源的探索。他曾拒绝与发明直流电的爱迪生一起领取诺贝尔物理学奖，并陷入贫困。但他为自己的故乡南斯拉夫赢得了巨大的美国援助，只是因为他在贫困中想要回到南斯拉夫养老。曾有27位获得诺贝尔物理学奖的科学家先后向他致谢，感谢他启发了他们的研究思路。在他简单的葬礼上，有三位诺贝尔奖获得者代表这27位得奖者前往致敬。他是个被世界遗忘的人，我在他的像前再三辨认，犹疑在年轻时代的普鲁斯特和乔伊斯的面容之间无法确定，因为我从未见到过他的肖像。要到第二年我才有时间前去他的小纪念馆，看到他用过的黑色礼帽和白色手套，我想自己喜欢这个科学怪人，喜欢他高大消瘦的个子和精致的装束，以及他陈列在外间的各种发明。他90年前发明的无线信号传输，新近才用在全世界都在用着的手机信号上，他的名字新近还用在新款的电动汽车上，他比世界要早100年，所以他寂寞，所以他可爱。

贝尔格莱德的橱窗好像一架望远镜，让人看到它被世界有意冷落的那些价值观。这是另一间历史教室。这里物价未涨，道路未修，店面未变，似乎被时间与世界都遗忘了。

街道拐角的底楼总是咖啡馆和酒馆，墙边靠着一垛垛塑料椅子，白色的帆布伞被收了起来，扎着，好像一些直立的铅笔。从那装饰艺术风格的玻璃门楣处望进去，一家叫作“东方快车”的咖啡馆店堂里，墙上画了满墙奥斯曼帝国时代从英国伦敦出发，直到伊斯坦布尔的东方快车路线图，还有戴着红色高帽子、穿着灯笼裤的奥斯曼士兵卡通像，这里荡漾着伊斯坦布尔旧佩拉区那些欧洲式高大老公寓底楼咖啡馆的情怀。

还有一家，装饰成具有维也纳分离派特点的那种带着紧张感的古色古香。深色的天棚上垂挂着闪烁的玻璃流苏灯罩，店堂深处的吧台一派克利姆特油画里的风情。这样的咖啡馆与老公寓天然相匹配，看来，传说中的塞尔维亚19世纪后建筑风格全面维也纳化有可信的成分。传说中，塞尔维亚从奥斯曼土耳其的统治中挣脱出来，开始建设时，才发现自己国家竟然没有建筑师。所以人们前往维也纳学习建筑，带回维也纳式的建筑图纸以及生活方式。

也有的咖啡馆脱离了古色古香的19世纪，只在带有裂纹的地上和墙面上画上春天波西米亚森林里盛开的菩提花，以及蜿蜒而上的藤蔓，配着淡淡漆着绿色的木头桌椅。令人想到摩拉瓦河谷里那些风景优美的山坡。说真的，我更喜欢那些贝尔格莱德特有的复古风格，突兀的波西米亚水晶吊灯从裸露出管道的天花板上垂挂下来，花纹古老并边角剥落的墙纸贴在墙壁上，但压着一面椭圆的大镜子，不锈钢框。这些空无一人的店堂纷纷散发出一种夜晚带来的安宁光晕，充满了故事性与生命力，真令我眼馋。

贝尔格莱德正通行一种令人诧异并且钦佩的生活哲学。这座城市的经济与生活已停滞了20多年，似乎处在无政府状态般的街道，到处是凹陷的大小坑洼，到处都是涂鸦，年轻人很难找到挣钱的工作，人们收入和前途都有限。但只要有太阳，街头咖啡馆里便坐满了享受阳光的人。只要红绿灯亮着，即使没足够的警察，人们也遵守交通规则，不乱穿马路。南斯拉夫分崩离析之时，电影导演拍摄了世界闻名的故事片《地下》。这个城市被占领过40次，它久经沧桑却不屈不挠地活了下来，所以这里的人才懂得享受一朝一夕之乐。这座城市好像经受过生活中重大创伤的中年人，创痛是那样剧烈，而且那样不可挽救，所以只能认命。他知道命运无常，祸福旦夕，所以即使是一个上午的阳光也要好好享受，即使是最悲惨的命运也要平静接受，即使只活一天，也要忘情寻找它的美。

我的塞尔维亚向导米高曾无意中说过一句令人难忘的话，他说：“塞尔维亚人还能怎样做，别人端着枪来，你总不能拿着吉他去会他。”正因为如此，在别人还没亮出他的枪时，塞尔维亚人就赶快先在太阳下坐一会儿，好好喝一小杯热咖啡。这个时刻，他们可以不想过去，也不看将来，只活在一张咖啡桌上。

在《哈扎尔辞典》里，阿婕赫公主曾有一面快镜和一面慢镜。在快镜里能看到将来，在慢镜里则能看到过去，帕维奇借阿婕赫公主之口说，要是一个人同时看快镜和慢镜，他必死无疑。这算是塞尔维亚人从血泪历史中总结出来的生存之道吧。所以读《哈扎尔辞典》，与其说我们在读一个消失了的民族的历史传说，不如说我们读的是塞尔维亚的现实故事。故事里步步都是隐喻，处处都有机关，只是帕维奇不想说得直白，这才是我们这些对巴尔干中世纪以后复杂的历史望而却步的远方读者会堕入迷宫的原因。

我们自以为这是迷宫式的结构带来的，但这其实更是盘桓在帕维奇心头深重的历史感与现实压力带来的，他祖国的经历是他迷宫的地图。

四、帕维奇的塞尔维亚辞典

行传是为他自己立的，三百年后他将从阴间重返人世，据他自己说，魔鬼记不得前世的事，所以须预做准备。初时他的画算不上是上乘之作。他用左手执笔，画虽然挺美，但浏览过后便都被遗忘，仿佛画从墙上一下子消失了。某天早晨，谢瓦斯特正专心作画，突然觉得有一种新奇的、前所未有的寂静飘进他的沉默，把他的沉默搅得粉碎。（《哈扎尔辞典》第 92 页）

在贝尔格莱德读书的另一个好处是，这里仍处处留有帕维奇的气息。通往卡拉梅葛丹城堡的路上，看到贝尔格莱德大学哲学系画满涂鸦的院落，帕维奇的哲学教授身份突然就落到了实处，二楼有他的办公室，现在一幅白底红字的横幅挂在那里，看上去有点动荡和暴力。教授他常年研究的就是巴洛克哲学。走过米哈伊洛大公铜像，一拐弯，就看到他的出版社了。在旁边的旧书店里我找到了一本《哈扎尔辞典》的初版旧书。在贝尔格莱德旧犹太区的一栋灰白色的老公寓楼的一楼，还有他留下的家。

他的家，进门就看见传说中帕维奇的写字桌——写《君士坦丁堡的最后之恋》《风之内侧》《永恒加一天》以及《第二躯体》等晚期作品之书桌，我凭着那张普通转椅下的一小片被轮椅轮子磨损的地板，认出这是帕维奇留下的写字桌——我读过一篇报道，里面提到过这一小块磨损的地板。

仍旧美艳的帕夫人预先点亮了这张桌子上的灯，它洋溢着一种一直都还在使用着的温暖，一种女性使用的写字桌的温暖气息。不过，帕维奇写《哈扎尔辞典》时用的桌子更为精美华丽。那是一张古色古香的翻盖小写信桌，巴洛克时代，这样的桌子通常放在起居室的角落里，给脸上点了一颗苍蝇痣的女人专用。这张书信桌做工精致，桌脚有完美顺滑的曲线。桌子里秀气的浅抽屉后其实带着些暗道机关，拨动藏在抽屉后的木档，就从里面扣住了抽屉，外面打不开了。这张桌子的小抽屉里放着帕维奇在罗浮宫商店里买的一把巴洛克式的单柄镜子，罗浮宫藏品的复制品。

桌上老式的烟斗座里稳稳坐着他的烟斗。这个沉重古老的烟斗随着《哈扎尔辞典》的作者肖像在世界各国的读者眼前流传。这次我才知道，他烟斗里的烟丝都是在他办公室不远处的一座院落里的小烟纸店里买的，许多年来那家烟纸店是城里很少的几家有营业执照的烟草店，其实那家店就在PROSVETA出版社旁边的一个院落里。店老板喜欢帕维奇的原因并非他是有名的塞族作家，而因为他是个好烟民，每个星期都准时来买上等的烟丝。用右手搓了一辈子烟丝的男人自然是精通烟草的。“我没把他当成一个伟大的作家来看待，来我这里的人都是烟民。”烟店老板说得很实在，把帕维奇从一派巴洛克风情中拉回现实之中。

照片上的帕维奇令我想起波兰团结工会的瓦文萨，东欧男人的宽面颊让他的眼睛显得小而格外炯炯有神。在前去访问他的人的观察里，他开车时会逆向行驶，他走在路上要是被人认出来，就假装没发现。

“你知道，米洛拉德其实是非常柔软的男人，他身上甚至有种像少女那样柔软明媚的气息，他比一般女人还要柔软，所以孩子们都喜欢他。”帕夫人拿起那柄镜子来递给我。还有一支翠绿色的羽毛笔，帕夫人说有时帕维奇先生也用这种古老的羽毛笔写作。帕夫人指甲上涂着鲜艳的蔻丹，握着羽毛笔时指甲鲜艳欲滴。

帕夫人也将帕维奇写作《哈扎尔辞典》前用的笔记本拿来给我看。其实那是一本《塞尔维亚现代辞典》的空白样书，灰白色的硬封面，上好的字典用内文纸。当年帕维奇在出版社的编辑那里看到，就问编辑讨了来。帕维奇一生用过许多笔记本，各种各样的漂亮本子，可他就是不用全世界知识分子都喜欢用的黑面子MOLESKINE。到准备写《哈扎尔辞典》时，他特意选了这本辞典样书当记事本，一千多页。他用掉了大部分空白的页码，写下各种段落、短句子、几个潦草的词，连他的夫人也辨认不出的缩写、涂鸦，像普希金般的侧面自画像，等等。每个段落起始时，他都画一个十字。我想，他心里觉得自己也是圣人基里尔那样的人，他要用这部小说绘制塞尔维亚真正的历史面貌，就像基里尔兄弟为塞尔维亚人建立了自己的基里尔文那样。

辞典令一些重要和基本的东西永恒。我想这也是帕维奇的心思。

帕维奇喜欢用各种各样的笔记本记录灵光闪现的时刻，他的笔记本大多有点花哨，帕夫人将它们堆放在他桌子上的时候，好像那不是长得像瓦文萨的塞尔维亚男人，而是个热爱收集漂亮本子的女孩子。帕夫人轻俏地笑了笑，说：“我就是说他其实是个内心非常浪漫的人呀。”写作《君士坦丁堡的最后之恋》时，他用的记事本上嵌着一些镜片，好像拉贾斯坦邦传统旋转舞娘裙子上的亮片。

本子堆里，有本极为普通的薄本子，好像中学生的作业本那样。那是1999年的。那个本子只用了一页，那页纸上只有一行字：“3月，轰炸开始了。”

这行字再次把他从巴洛克风情中拉回塞尔维亚幽暗的新历史中。他那年已经70岁了，没能像安德里奇那样在轰炸声中写出杰作，他的心脏开始衰弱。

“他如何度过轰炸的呢？”我问。

“平静。因为这里是历史街区，米洛拉德认为这里会很安全，所以晚上轰炸时我们就在家里。他经历过第二次世界大战时的轰炸，有经验。他总说不要紧，要我们都放轻松。”

帕夫人走到饭厅到起居室之间的门洞处，将肩膀靠在门洞的墙上。她的微笑随即沉入一种耻辱般的悻然之中，这使她猩红色唇膏精心描绘的嘴唇变得更加触目。

“他说这里就是我们家最坚固和安全的地方，所以晚上轰炸开始后，我们就都待在这里。他就去厨房拿苹果来，削给我们吃。其实我们那段日子过得不错。但是轰炸过去后，我们就不再吃苹果了，腻了。”

那时，帕维奇正被多次提名诺贝尔文学奖的候选人。《哈扎尔辞典》对小说叙事结构的颠覆，使它渐渐被评论家们称为20世纪最重要的小说，也是唯一可与《尤利西斯》在小说空间塑造上比肩的欧洲小说。《尤利西斯》开拓了小说的心理描写空间，《哈扎尔辞典》开拓了小说的结构构造空间。北约连续78天的轰炸导致塞尔维亚最后在科索沃自治的条约上签字同意，14世纪拉扎尔大公带领的塞族大军在科索沃黑鸟平原的血战之地，再次脱离塞尔维亚版图。帕维奇也随他的祖国一起，在世界的光亮喧哗之处渐渐消沉下去，很快就成为一个前南斯拉夫的作家，似乎是上一个时代的人。

随轰炸而来的经济制裁，使塞尔维亚成为一个深陷于南欧陆地的寂寞小国，开车几个小时即可以从南部国境线到达北部国境线。而那条现在贯穿全国的高速公路，就是当年奥斯曼大军进攻维也纳时的军用古道。

在古道旁，靠近科索沃的群山深处，一个山坡上，有个12世纪的东正教堂。在那里穹顶壁上，斑斑驳驳的，能辨认出基里尔的圣像。那墙上湿壁画里，基里尔穿着残留着拜占庭蓝色的大袍子。他长着一张皱纹纵横的消瘦的脸和一对黑色的大眼睛，那是充满精神力量却毫无笑意的脸。

这张脸又是似曾相识的，他出现在《哈扎尔辞典》的插图中。

在古老的东正教堂里，我按照东正教的习惯买了两支用柏树汁做的细蜡烛，点燃，插在一高一低的烛台中那个低矮的里面。那个矮的烛台是为已经去世的人祈祷用的。这两支蜡烛，一支为给塞尔维亚人统一了文字的圣徒基里尔，另一支为将难以言说的祖国历史与现状统统装进一本小说做的迷宫里的作家米洛拉德·帕维奇。这是两个为塞尔维亚留下辞典的人，在塞尔维亚存在的最古老教堂里为他们点蜡烛，是再合适不过的事情了。

布鲁克林：

白雪穿越铁的岁月

潘　蕾

解决贫穷、绝望、苦难的办法有多种，有一种叫作布鲁克林。

现在的美国最有名的布鲁克林人非民主党总统候选人伯尼·桑德斯莫属。这位满头银发、目光如炬仍饱含悲悯的左派政治家，几乎每一场辩论的结尾都会这样开始：“我的父亲从波兰来到布鲁克林时，身无分文。”

电影《布鲁克林》中，从爱尔兰驶向纽约的邮轮上，两个陌生的姑娘相遇。“你去哪里？布鲁克林吗？”“你怎么知道？”

女主角艾丽斯与桑德斯的父亲一样，代表着从世界各地的贫穷、绝望、苦难中来布鲁克林寻找新生活的人，他们可能是爱尔兰人、意大利人、犹太人、阿拉伯人……也有破了产的曼哈顿人。艾丽斯过了美国海关，只身拎着行李箱打开大门，阳光洞开昏暗的海关大厅。最黑暗的甬道尽头，便是那个叫作布鲁克林的地方。你进入到阳光底下，完全置身其中，接下来的日子还是会看到阴影。但它隔离开暗无天日的过去，是另一个新世界了。

在好地段房价已经赶上曼哈顿的今天，布鲁克林仍是身无长物之人奔赴的地方。美国独立纪录片导演詹妮弗在大马士革遇到英俊的伊拉克少年酷科。酷科喜欢西方流行音乐和服装，留长发，秀气的长相和装扮常被人误认为同性恋，在自己的故乡巴格达随时可能被强大的宗教保守力量迫害，只好避难于大马士革。詹妮弗帮助酷科经过几年漫长的申请与审查，合法进入美国。他的第一站是布鲁克林。纪录片名为《从巴格达到布鲁克林》。

与曼哈顿人的生活比起来，布鲁克林人活得艰辛，少一些谓之体面的腔调。生活并不容易，努努力也能过得去，最重要的是，与过去比起来，这里充满希望，于是布鲁克林人会有一些诡异的幽默感。伍迪·艾伦拍摄的《曼哈顿》，讲的是一个情感与写作都失意的中年男人鸡毛蒜皮的生活，诗人说曼哈顿是西方世界的尽头，看完伍迪·艾伦镜头下的曼哈顿会觉得，原来世界的尽头是仙境呀，尽管那儿生活着唠唠叨叨的失意的中年男人。

我猜测非要伍迪·艾伦给“你到底喜欢曼哈顿还是布鲁克林”这个无聊的问题一个答案，他会选择曼哈顿。尤其是在那些赔钱的电影为他赢得世界声誉之后。作为段子手的伍迪，携带着巨大的布鲁克林显性基因。

“不要把死亡当作一种终结，而是从更积极的角度去把它当作一种削减开销的手段。”“当我被绑架后，我父母立即采取了行动——他们把我的房间租了出去。”这样的灵感是布鲁克林某红砖小房楼洞口的不速之客，而不会去敲曼哈顿帕克大道上豪华公寓的大门。

布鲁克林不是游客一见钟情的地方。初次造访纽约那年，我住在北京中关村一栋苏联风格、功能与美观兼不具的高耸塔楼里。于纽约，最爱的是曼哈顿。登上帝国大厦，靠想象当了20秒的科幻片导演，假想眼下林立的高楼变成了一支水泥部队。爱曼哈顿的理由很简单，数不清的摩天大楼，没有一栋丑得不堪入目。布鲁克林则谈不上震撼，一座美国二线城市，朴素得有点土气。后来去纽约的次数多了，对布鲁克林的爱如春天的老柳树，记得当初鹅黄的芽苞，突然有一天满枝绿叶漫天飞舞，中间发生了什么模糊不清。

初见时的惊艳变得平常，一个地方最吸引人的美德是令人觉得自在。曼哈顿是“人们宁可跛了一条腿进城，也不愿意穿着破裤子进城”的地方，布鲁克林不是，你可以穿破裤子，甚至有可能因为一条破裤子引领一阵小小的风潮。曼哈顿是抬头只见窄窄一方天的地方，有时候不好意思将所见的与广阔无缘的小蓝块称作天空，说是一扇扇城市的天窗更为合适。但是曼哈顿作为远处的风景而存在的时候，局促被化解，成为一道优美的天际线。这样的曼哈顿，得站在布鲁克林看。

坐在布鲁克林大桥公园的长椅上，看大桥横跨深蓝色的东河，桥的那头是曼哈顿的天际线。在美国诗人哈特·克莱恩眼中，这座钢铁大桥是美国作为新阿特兰提斯的象征，他直接用《桥》给长诗命名，这座桥成就了克莱恩在美国文学史的地位（无论多少人批评它矫揉晦涩，也没人会在美国大学的文学课堂里避开它），也耗尽了他的创作力。

在布鲁克林大桥公园宜重读惠特曼的《横过布鲁克林渡口》："时间和地点不起作用——距离不起作用/我和你们在一起，你们这一代或今后许多世代的男人和女人/当你们看着这河流和天空时的感觉，我曾这样感觉过。"惠特曼可以算是布鲁克林人。他幼年的时候，父亲带着全家搬到布鲁克林。因为贫穷。

布鲁克林的房子多为楼层不高的红砖房，从马路上斜着伸上去几级台阶，通向一层。地下室一半位于路面以上，能见着部分光线。雷姆森大街 91 号，三层小红楼内，曾是亨利 · 米勒的住所。亨利写她的妻子琼找到了一个绝佳的地方，他担心房租超出他们的负担能力，如果住进去，怕是会破产。布鲁克林更便宜的地方多的是，但琼喜欢此处。1924 年，他们还是搬了进去。第二年就被房东赶了出来。这期间他没写出什么值钱的东西，付不起房租。那时的亨利 · 米勒还没写出《北回归线》，更别说在美国解禁出版已是 60 年代的事情。

皮埃尔庞特街 102 号，诺曼 · 梅勒从哈佛毕业后曾搬到这里与父母同住，同一时期阿瑟 · 米勒也住在这栋楼里。据说二人曾在邮筒附近见过面。梅勒后来回忆，“见面时我想，这家伙真宅，哪儿也不去。我肯定他当时也这样想我”。阿瑟 · 米勒在布鲁克林住过很多地方，这里和他写完《推销员之死》的格雷丝科特 31 号比起他曾居住过的布鲁克林东 3 街 1350 号要舒适得多。米勒出生在曼哈顿一个富裕的犹太人家庭，因为经济衰退父亲带全家搬到生活成本更低的布鲁克林东3街，这里也是小说中的推销员威利·洛曼生活的地方，米勒周围和洛曼周围的邻居都是行到山穷水尽处来布鲁克林寻找新生活的爱尔兰人、意大利人、瑞典人、犹太人……

布鲁克林相对的不宽裕（远不是赤贫），让这个地方生气勃勃。富足总与空虚、烦闷相关联。楚门·卡波特（在布鲁克林威洛街70号完成《蒂凡尼的早餐》）写“纽约是庸俗的荒原，布鲁克林是其中的一块绿洲”。现在去布鲁克林，最先抓住人眼球的是满大街的涂鸦及装置艺术，我曾看到穿了毛衣的树干，不可能是套头衫，树枝旁逸斜出，“穿”不进去，如果是开衫也并不使人惊奇，织好了给树穿上就是，而那件作品却找不到接缝，似乎是一个人围着树转圈，一圈圈织下去，我绕着树走了两圈，没弄明白艺术家是怎么做到的。我并不沮丧，挺好玩的一件事情。我也说不清楚头顶的树叶如何感受温度而改变颜色，并不妨碍我看见它们心情大为明朗。

布鲁克林的店铺隐藏在不起眼的狭窄街道里，也许是一家小小的咖啡馆、芝士蛋糕店、小酒馆、古着店，总不时地发现，店家有颗伍迪·艾伦的心。我喜欢一家名叫“暴脾气”的咖啡馆，店里到处是正发脾气的卡通脸。暴脾气不是好脾气，这里是布鲁克林，暴脾气好过没脾气。看工作日大白天在公园里打着门球抽着雪茄的布鲁克林老炮儿也是一大乐事。

一个叫 Woodkid 的法国小孩写给布鲁克林的歌，“在威廉斯堡的商店买旧唱片，在东河滨玩纸船，在科尼岛遇见龙虾和美人鱼，在太空星际乐园呕吐吃下的油炸奥利奥（是的，油炸奥利奥，听着十分诡异，除非它发生在布鲁克林）。整天坐在屋顶上遥望天际线，美国独立日时，看曼哈顿上空的焰火……此时的巴黎正在下雨，我的心远在布鲁克林。我厌倦了四星酒店的食物，我想住在布鲁克林，过比萨只需两美金的简单生活”。

Woodkid 的歌基本上可以当布鲁克林的旅行指南用。只是比萨并不都是两美金一块。一家名叫 DIFARA

的比萨店，意大利人经营的家庭小馆，陈设极简单，小块比萨装在快餐店用的廉价纸盘子里。一整块比萨至少需要30美金，至于味道——有的人宁可把15个两美金省下来买它。

镰仓文艺地理

刘柠

在小津安二郎执导的影片《麦秋》中，淡岛千景饰演的田村绫子，从东京都内来北镰仓的闺蜜纪子（原节子饰）家中做客，望着窗外的景色自言自语道："多好呀，镰仓。我也想住在这样的地方……"《麦秋》是1951年的电影，外景地就在小津家的所在地北镰仓。小津通过绫子这样一位中产人家待字闺中的千金之口，说出了战后初期，城里（东京）人对镰仓的向往。

日本有两个城市被称为“小京都”：一是日本海沿岸的金泽，另一个就是关东的镰仓。这无非是说这俩城市寺庙众多，有种古风。特别是镰仓，不仅神社佛阁林立，甚至有些地名与京都完全一样，如哲学小路等。不过，对“小京都”的说法，俩城市似乎都不以为然——京都算老几？言外之意，我们比京都还京都！

客观地说，若就城市的文艺范儿而言，镰仓确实不让京都。不说别的，单看以镰仓为背景的电影，就足以排上一长串。其中，颇不乏巨匠的秀作。除了家在镰仓的小津，屡屡把北镰仓的圆觉寺、湘南海岸、横须贺线电车和镰仓大佛搬上银幕，构成了所谓“小津调”的重要元素，其他如成濑巳喜男执导的名作《山音》，以川端康成的同名长篇小说为蓝本，剧情发生的舞台——主人公信吾一家所栖居的能听到“山音”的家，也是川端曾住过的、位于甘绳神明社旁边的旧邸。2015年，由是枝裕和执导、绫濑遥主演、斩获了第68届戛纳最高奖的《海街日记》，堪称是一部镰仓“观光案内”的剧情片，极乐寺、本觉寺、镰仓大佛、七里浜、江之电、佐助稻荷神社……如梦的场景轮番切换，演绎了一个纠结、心碎而又治愈的故事。

镰仓大美而宜居，在东瀛是公认的。我曾看过一个 NHK 的电视片，记者随机采访一位鹤发童颜的老者，90 多岁了，看上去顶多像 70 岁出头的样子，手提购物袋，正健步如飞地往家赶。记者问他保健的秘诀是什么，老人笑曰："活在镰仓呗——俺在这儿住了 80 多年了。"2005 年以后，日本人口跌入负增长，"高龄少子化"社会迅速扩大，可镰仓的人口却未减反增，且外来青壮年迁入者多于老年人的自然减少，人口结构维持着良性循环。如此业绩，简直羡煞那些苦苦挣扎于人口锐减、劳动力不足怪圈中的自治体。

镰仓东、北、西三面环山，南面滨海。自古作为战略要冲，易守难攻。沿着相模湾曲折的海岸线，分布着江之岛、逗子、叶山等名胜地，游人如织，镰仓人喜欢把自己的城市称为"历史都市""文化都市"或"观光都市"。文化，首先是源于历史：镰仓是日本最早的武士政权——镰仓幕府（1192—1333）的所在地，有种远在“江户之上”的历史优越感和沧桑感，在《万叶集》《平家物语》《吾妻镜》等历史文献中都有记载，有形文化财富多到不可胜数。有历史底蕴的城市更有文化，而文化多了，会蔓延、四溢，弥散到各种空间，再与时间（历史）相交错。走在镰仓的街头，真是连一块普通的店幌都要看个仔细，一不小心，就可能遭遇文学史、文化史——所谓“好有文化，好文艺”，说的大约就是这种感觉吧。

早在明治初期，镰仓便开始了商业开发。明治二十二年（1889年），随着横须贺线的开通，东京至镰仓的车程缩短为两小时。从此，帝都文人骚客们的镰仓行脚便多了个由头。起初是行脚，接着便是“移民潮”——所谓“镰仓文士”现象，也应运而生。而就在前一年，诗人正冈子规从浦贺港出发，到镰仓的徒步旅行，客观上成了对镰仓“前现代”的最后检阅。

1894年，深陷重度神经衰弱的夏目漱石，为自我疗救，去北镰仓的圆觉寺参禅，夜宿于寺内的塔头归源院。半个月的参禅修行，不仅使病情大为缓解，而且为现代文学史贡献了一部小说《门》。圆觉寺建于镰仓时代后期的弘安五年（1282年），是临济宗派的总本山，名刹中的名刹。风水之好，没得说。小津安二郎的家，就在附近。死后也埋骨于此，墓碑上只刻了一个“无”字。以圆觉寺为舞台的文学作品，不止是《门》。荦荦大者，还有川端康成的长篇名作《千只鹤》，开篇就描写了一场茶会：

> 菊治踏入镰仓圆觉寺院内，对于是否去参加茶会还在踌躇不决。时间已经晚了。

接着，以茶室、茶碗和茶的小道具为“包袱”，层层展开了一个不祥而恐怖的故事，被文学圈称为欲望描绘的“魔界文字”。

川端康成是老镰仓了。虽然是孤儿，但幼时曾听祖父说，其家族延续了镰仓幕府第三代执政北条泰时的血脉，不知是否构成作家选择镰仓的理由。1935年，36岁的川端移居镰仓，住在上文提到的位于长谷甘绳神明社旁边的老宅里。1968 年 10 月，折桂诺贝尔文学奖。喜讯传来，老宅被记者团“包围”。晚年，川端离开了长谷的能谛听“山音”的老宅，把工作室搬到了逗子的一间公寓 —— 至死，未离开镰仓。

川端出道早，辈分高，人又厚道，是公认的文坛领袖。他死时，满 72 岁，并不很老。其生涯刚好一分为二：前 36 年，外在于镰仓；后 36 年，则在镰仓“诗意的栖居”。不过，历经战时的困厄和战后初期的困顿，说“诗意”，怕也诗意不到哪儿去。不仅没那么诗意，川端在镰仓送走了一个又一个作家，其中不少是他的后辈：横光利一、菊池宽、岛木健作、堀辰雄、高见顺、林芙美子……作为镰仓文坛的核心，川端每每充当葬礼主持人，乃至被人戏称“葬礼名人”。

这种角色对作家的内心，也许不无影响。他在一篇叫《岩菊》的短篇中，曾如此写道：

> 我的友人和知人已经走了好几个了。那些人的墓建好，我已经屡屡见识过用各种形态的石材建的

坟墓了。站在墓碑前，自然会缅怀故人，也禁不住瞎想起自己与那块石头的事儿来。

回头来看，应该说，川端康成是那种很早就穿越于生死两界的作家。直至1972年4月16日，在逗子的公寓口衔煤气管自杀。据说那天，作家生前常牵爱犬散步的由比浜海滨的晚霞格外美。

与“和事佬”的文坛前辈川端康成刚好相反，文艺批评家、法文学者涩泽龙彦是镰仓的另类。涩泽也爱镰仓的历史文化，但更爱美的生活，真正是在镰仓“诗意的栖居”。他躲在明月谷的豪宅书斋里，研究中世纪的恶魔学和西方情色艺术的“诱惑之美”，也研究富于季节感的四季美食和“快乐主义哲学”，房间里摆满了表情怪异的玩偶、人的骨骼和各种珍稀动植物的标本。喜欢听黄莺、子规鸟、虎斑地鸫的啼鸣，并以之来判断节气。尤其是茅蜩的初鸣，每年是一定要屏息静听的。临死前的笔记中，还记载了最后听到窗外虎斑地鸫啼鸣时的感受。然而，对自然如此有爱的涩泽，在镰仓却是最难合群的一个。除画家金子国义、横尾忠则、池田满寿夫和作家三岛由纪夫、演出家堂本正树等屈指可数的几个密友外，与文坛和“镰仓文士”几乎是老死不相往来。偶尔散步、遛狗，与邻人作家狭路相逢，充其量也就是微微颔首而已，脸上永远是一副高冷的表情。

可如果你觉得涩泽龙彦是镰仓“奇葩”的话，其行为举止与另一位艺术大鳄——陶艺大师北大路鲁山人相比，就成了小巫见大巫了。涩泽再孤僻，周围也还有三岛由纪夫等“小伙伴”。而鲁山人是真正的“异端”，独行侠一般的人物，不但没朋友，直怪到“六亲不认”：其女因偷卖了几件陶器，被老爹发现，从此撵出家门，至死未再见。可“异端”如鲁山人者，却也有热血柔情的一面：

1951年，日美混血的美籍雕塑家野口勇与大明星李香兰结婚。但在战后初期百废待兴的东京，苦于没有合适的住处。野口勇做前卫雕塑，需要大工作室；而李香兰仍在拍电影，每天要去大船的松竹摄影所。

一个偶然的机会，二人拜访了鼎鼎大名的“人间国宝”鲁山人。当时，年逾古稀的陶艺家鳏居于北镰仓山中，一处有两百年历史，江户时代茅草屋顶农舍风格的大宅邸里，守着一大片山林，挂牌“鲁山人雅陶研究所”，前店后窑，自产自销。鲁山人只住母屋，其他房子都闲着。“请把这儿当成自个儿的家，尽情使用就是”——主人一句话，野口夫妇就算落定了。

在这个被鲁山人称为“梦境”的居所兼工作室，夫妇一住就是一年半，直到野口勇只身回美国。白天，女明星去摄影所拍片，雕塑家和陶艺家各练各的。晚间，待李香兰回来，仨人一起喝酒，完全是“职人”范儿的生活，交流都与艺术有关。后因某种原因，野口夫妇离婚。但夫妇二人对在“研究所”的“香格里拉”式生活都充满了温暖的回忆。很多细节，读来不禁莞尔：如李香兰有暇时，会亲自下厨为二人做料理，但通常是“地主”鲁山人请客。饭点一到，陶艺家会用木棒敲一敲吊在母屋房檐下的一块板木，像敲木鱼似的。只要听到“木鱼”声，夫妇二人立马撂下手中的活儿，满怀期待地奔进母屋。李香兰毕竟是女明星，每次在院子里晾洗过的内衣，都会小心翼翼地挂在避开母屋视线的地方……

如此，镰仓——这个日本近代文艺的策源地，就这样一路文艺着，任性地文艺着，不但至今未见收敛迹象，而且文艺的版图越来越大。

斯特拉斯堡随想

张 翎

斯特拉斯堡（Strasbourg）这个地名对我来说印象模糊，直到登上旅游大巴的那一刻依然如此。这阵子琐事繁多，出发前我没有时间和心境做一番通常出门前都会做的功课，大概是因为暗地里觉得欧洲以“某某堡”为名的城市多如牛毛，在地图上信手一指，就有比斯特拉斯堡著名得多的萨尔斯堡——那里出了个音乐天才莫扎特，还有圣彼得堡——那里见证了一次改变中国和世界命运的血腥革命。正当我准备在车座上闭目养神的时候，耳朵里却突然刮进了一个地名，刹那间我的触觉神经如尖针根根耸立——我明白我终于找到了这次旅程的兴奋点。

那个地名是阿尔萨斯——年轻的导游告诉大家斯特拉斯堡是阿尔萨斯大区的首府。

阿尔萨斯最初进入我的认知经验，是因为一个叫都德的法国作家和他的小说《最后一课》。读这篇小说是很久以前的事了，从那时至今，生活中已经发生了可以用沧海桑田来形容的巨变，眼睛已经不是当年的眼睛，心境也已不是当年的心境了。隔着几十年的时空距离回首往事，当初那些与民族和国家概念相关联的激越情绪已经在不知不觉间如尘埃渐渐落地，剩下的只是一些边界和形状都很模糊的同情：对人被强行从熟悉的文化土壤里剥离出来的那种痛楚的同情。都德把那个淘气而喜欢逃学的小弗朗士斧凿刀刻般地印在了我的少年记忆中，让我明白了阿尔萨斯并不仅仅只是一个地名。作为战败者的赎金和征服者的战利品，阿尔萨斯在法国皇帝和普鲁士以及后来的德意志皇帝的袖筒里，换过一次又一次的手。那段历史对我的直接影响是：当我日后也成为一位作家时，我不止一次在我的小说中使用过“多变如欧洲某些区域的边界线”这样的比喻。

进入斯特拉斯堡的时候，天正下着零星的太阳雨，横贯全城的伊尔运河，在秋和冬之间那一阵阵力度多变的风里，泛着一波又一波深幽的光。导游引领我们走进一个名为“小法兰西”的街区，那里的建筑是一排排矮小整齐的房子，一家挨一家，白色的外墙上镶着一条条褐色的木头，它们铺排成几何图案，像梁，却不是梁。这些如积木般规整的房子都是战后重建的，怎么看也像是赝品，那层白并不是原先的白，那些梁木也并不是初时的木头。这些房子见过的历史，也早已是另外一茬历史了。在这个美丽的街区的背后，竟隐藏着一个与美丽全然无缘的故事。17世纪时这里曾经有一座性病医院，普鲁士人为了损贬他们的宿敌法国人，把这种与风流相关的病戏称为“法兰西病”，所以就有了“小法兰西”这个称呼。当然，如今走过这些桥这些水这些街区的人，没有几个会去深究这个名字的来由。走到桥头时，我的相机突然忽闪着睁大了眼睛，因为它发现了一块极有意思的牌子，上面写着两行字——是路名。一行是法语，一行是德语，法语在上，德语在下。两种同样强悍同样丰富的文化，在经历了几个世纪的激烈抗争之后，终于以这种方式在斯特拉斯堡的街头达成了它们之间的艰难妥协。

走着走着，天就暗了，饥肠开始发出令人难堪的鸣叫。导游给我们推荐了一家路边的餐馆，据说这家饭馆的主打菜肴是正宗的德国猪肘。猪肘终于端上来的时候，样子很凶，站在一个农家样式的大盘子里，仿佛是一个愤怒的拳头，上面插着一把威风凛凛的尖刀。我小心翼翼地用刀刮去了表皮的鬃毛，切开来，露出里头粉红色的肉。肉是一丝一丝的，有些干，带着明显的炭火熏味。和传统中餐里的蹄髈相比，它清淡得几乎不像是肉。那天的配菜是德国香肠和烤猪排。猪排和世上任何一个角落的猪排差别不大，倒是香肠有些特色，颜色和质地都与豆腐相仿，只是中间夹杂着切得细细碎碎的香菜。一刀下去，柔软无比，入口的味道和猪肘一样，清淡如菜蔬。真正浓烈的是杯里的黑啤——那暗褐色的汁液流过唇舌喉咙时，让人无法不想起巴伐利亚的阳光和泥土在麦粒身上啃下的齿痕，倒叫我恍惚间忘却了我正身处一个叫法兰西的国度。

在餐馆里我们听说了一个斯特拉斯堡人最引以为傲的故事。那故事是关于一首名为“莱茵军团战歌”的流行歌曲，它的词、曲作者皆是一个叫李尔的业余音乐家，或拿今天的话来形容，一个玩票的歌手，于1792年在当时的斯特拉斯堡市长家中即兴而作的。这首歌原来只是一个年轻的法国人在酒精的煽动下发泄的几缕国恨家仇，没想到在后来的日子里被带到马赛，让另一群人冠上了马赛之名。人们一层又一层地在它身上涂刷着激情，直至最终将它演绎成为一个国家的齐声嘶吼。在被猪肘和黑啤催生出来的隐隐睡意里，我不知怎地想起了《马赛曲》中“让不洁之血，灌溉我们的田野”的歌词，心里忍不住微微一颤：幸亏这支诞生于斯特拉斯堡的歌曲，最终被带到了通往马赛的路途。假若它沿着莱茵河进入了对岸的那个国家，落入一个叫希特勒的后世手中，天知道它会被演绎成什么样的版本，会被拿来点燃什么样的血液和什么样的仇恨？

走出餐馆的时候，天已经彻底黑了，从古城堡和拱桥洞里投射出来的灯光，在伊尔河面上铺下一层厚腻的紫罗兰。游客已经散去，街市空了，夜风里传来古教堂悠远的钟声，周遭的一切都展示着祥和与太平。最近的一场战争也已经过去了六七十年，我却依旧战战兢兢，总觉得脚下的土地里还游走着无数尚未安息的亡灵。这个意为“街道城堡”的地方，是日耳曼血液和法兰西文化的混血儿。在过去的几个世纪里，一朝又一朝的皇帝未经公投便决定了它的归属。于是它的市民，就像一个既爱母亲也爱父亲的孩子，却被迫选择了单亲，从而割舍了生命中原本不可割舍的那一部分。当年粗粝的伤口终于被时光渐渐抚平，疤痕便化成了今日桥边的双语路标，端在女招待手里的德国猪肘，还有街市人流的法语里夹带着的浓重德国口音。

希望再也不会有另外一场战争，将斯特拉斯堡又一次划给对岸的那个国家。不是我偏待法兰西，我只是真心愿意所有途经这个城市的人，都能太太平平地坐在伊尔河边，一边听着法国音乐，一边悠悠地享用着德国猪肘和黑啤；所有在这片土地上生活的孩子，再也不会因为最后一堂母语课而过早地丢失他们的童年；所有世世代代在这里居住的人们，再也不会被一纸合约一夜之间连根拔起，一觉醒来懵懵懂懂地成为了另一个国家的臣民。

莫迪亚诺与巴黎

金龙格

巴黎是个让人眼花缭乱、魂牵梦绕的大都市。在游客眼里，这个美丽迷人的“花都”，基本上每一个街区都很迷人，遍地都是新鲜事物，走到哪里都能感受到意想不到的快乐，特别是塞纳河两岸的1区到8区的古典巴黎，从西边的凯旋门、埃菲尔铁塔到东边的巴黎圣母院，从凯旋门沿着香榭丽舍大道到协和广场，从圣日耳曼大道到圣日耳曼广场的花神、双叟咖啡馆和利普啤酒屋，无不令人流连忘返。这座特别适合漫游、意蕴隽永的文学之城，也滋养了众多诗人与作家，他们用生花妙笔把一个珠灰色的巴黎描绘得多姿多彩、别具魅力。美国作家埃德蒙·怀特在巴黎生活了十几年后发觉，只有用漫游的节奏才能捕捉到这座五光十色的城市“丰富而沉默的细节”。

像怀特一样，莫迪亚诺这个“老巴黎”经常怀揣着一个记事本，漫无目的地在巴黎街头漫步，穿行在迷雾一般的巴黎左岸右岸。他就是在漫步途中开始了解这座城市，并喜欢上它的。小时候，他父母关系不好，他就时常在城里瞎逛，经历过许多他那个年龄的孩子不该有的经历，去过很多让他恐惧的街区，但同时也让他感受到在巴黎街头游荡的魅力，他就是在街头找到真实生活的痕迹，以及通往别的世界的未曾料到的入口：“那个时候，巴黎是一个与我的心跳节奏很吻合的城市，我的生命除了巴黎的街道，不属于任何地方。我只要独自在巴黎街头漫无目的地漫步，就会觉得很幸福快乐。”对于今天的他而言，漫步巴黎街头也是“同遗忘作斗争的一种方法”。

莫迪亚诺如此，他笔下的人物基本上都是一些在巴黎街头游荡的幽魂，常常从一条街串到另一条街，从一个街区穿越到另一个街区。从 1968 年的《星形广场》开始，莫迪亚诺迄今已经出版 30 多部作品，几乎每一部作品中都充斥着巴黎的大街小巷、咖啡馆、酒店的名称，而这第一部小说便是以巴黎最有名的景点星形广场——如今跨越 8 区、16 区、17 区的戴高乐广场做书名。然后，他在《夜巡》（1969 年）中把我们带到 16 区的洛里斯通街 93 号，《环城大道》（1972 年）把我们带到 8 区的索瑟尔街。这三部作品被称为“占领三部曲”，写的是德占时期的巴黎。

1977 年，他的半自传作品《户口簿》写到了他童年时住过的 6 区的孔蒂滨河路 15 号，在这部作品中，叙述者不是别人，正是莫迪亚诺本人。书中描写了他童年时住过的这套公寓，他的头几部小说就是在这里创作的。1978 年的《暗店街》，故事主要情节发生在 8 区的康巴瑟莱斯街的一套公寓里，要经过数不清的街道广场，包括林荫大道、大街、小巷、滨河路、桥梁、广场，才能找到这套公寓。1991年，他的《废墟之花》写到了14区尤尔丹林荫大道和大学城，这部作品中的地名有44处之多，以街道广场为主，简直就是一部写在巴黎地图上的小说。1997年出版的《多拉·布鲁德》，故事发生在18区的奥纳诺林荫大道41号。1981年，《一度青春》写到了18区考兰古街89号，“在梦中”酒吧：“他们坐在‘在梦中’的一张软垫长椅上，那是考兰古街的一家咖啡馆，路易非常喜欢这家咖啡馆，因为名字别致。奥迪尔和他，他们说‘五点钟“在梦中”不见不散’时非常开心……”在1988年出版的《缓刑》中，主人公也表示“非常喜欢这条街”。实际上，莫迪亚诺本人经常把工作约会定在这家酒吧，莫迪亚诺最喜欢的作家乔治·西默农和马塞尔·埃梅也曾经是这家酒吧的常客。2001年出版的《小珍宝》和2003年的《夜半撞车》，故事都发生在1区，前者在夏特莱，后者在金字塔广场。2005年的自传《家谱》写到14区的奥尔良门。2007年《青春咖啡馆》跨越了好几个街区，第一章位于6区的孔岱咖啡馆，直到最后一节叙述者才出发去14区；第二章主要发生在16区的诺伊利，以及9区和18区的交界处；“露姬”自己的叙述位于9区和18区，最后两章罗兰的自叙又回到14区。2010年的《地平线》中，主要人物漫步到了贝尔西新区，这片与密特朗国家图书馆隔河相望的新区是在旧港上建起来的，也颇有特色。2012年，《夜的草》中，“我”又来到了14区的蒙帕纳斯街55号，一个已经垂垂老矣的作家回忆20世纪60年代认识的一个名叫丹妮的女子，该女子住在尤尼克酒店，那也是摩洛哥情报部门的据点。

在这些作品中，巴黎并没有我们想象的那么美好，整个城市像“遍布陷阱的森林，只能摸索着前进”。在《消失的街区》中，街道如同“遭受过轰炸的瓦砾堆”，车子驶入巴黎，“大街上人迹寥寥。我在纳闷，是不是在穿越一座惨遭轰炸、百姓逃遁的幽灵般的城市……一想到要在太阳底下走过巴黎街头，我心里就发怵”。在《夜的草》中，无论走到那里，巴黎的空气中总笼罩着一层威胁，入夜后，有一些过于明亮的地点其实是陷阱，稍不小心就会像飞蛾一样被迷惑，被诱入圈套。所以，这些叙述者置身巴黎时，总在寻找一些比较安全的地方落脚，寻找洗衣桶街、圣宠谷街区那样的让人感觉离巴黎天遥地远的地方藏身，或者住在周遭万籁俱静冷冷清清、像19世纪的巴黎一样的三位一体教堂街区。他们把约会定在很偏远的南城一些僻静冷清的咖啡馆，待在咖啡馆的无人察觉的后厅。从左岸逃往右岸，因为只要过了塞纳河，“就可以把那些被自己甩在身后的东西忘得一干二净”，他们从王家桥上穿越塞纳河去往右岸的时候，“总有一种轻松自如、如释重负的感觉”，塞纳河对岸的埃菲尔铁塔总是那么“令人慰藉”，城北的蒙马特高地“就是西藏”，在那里可以畅快地呼吸。

莫迪亚诺笔下的人物做梦都想逃离巴黎，还因为这是一座“丢失了灵魂”的城市。巴黎的腹地——香榭丽舍大街，或者叫爱丽舍田园大街，爱丽舍直译的意思是“至福乐土”，这条大街一直被认为是“世界上最美丽的林荫大道”，可是，在莫迪亚诺的笔下，“真正意义上的香榭丽舍大街已经不复存在”，“到处都是国际性的酒吧、华贵的少妇……还有令人郁闷的丽多，让人伤心的富盖。一切都掺了假……巴黎的腹地是一个在五颜六色的霓虹灯照耀下的野蛮之地。远远望去，这是最宏伟的大街，然而却是巴黎最肮脏的地方之一”。而曾经文人墨客云集的蒙帕纳斯街区，作为蒙帕纳斯的历史象征、巴黎 14 区生活和社交艺术的标识、从 20 世纪 20 年代开始就一直吸引着巴黎的艺术家和文人的穹顶餐厅，以及紧邻穹顶深受海明威、亨利 · 米勒青睐的菁英咖啡馆，如今“只剩下零星的灯火在闪烁”，这个笼罩在一座火车站和一座公墓阴影下的蒙帕纳斯街区总给人一种不爽的感觉，总是淫雨霏霏。莫迪亚诺借他的人物之口说，蒙帕纳斯在战后就暗淡了，这片“凄凉的”“死气沉沉”街区已经“丢失了自己的灵魂”，已经没有了当年的才情和热情。

巴黎值得留恋的地方，也许只有与蒙帕纳斯一样同处 14 区的大学城街区。靠近巴黎南郊、地处尤尔丹林荫大道的大学城在《夜的草》《夜半撞车》《地平线》等作品中反复出现，叙述者通常把这里作为避风港湾。

《一度青春》里的大学生说：“我一直很喜欢大学城，这是个世外桃源，教学楼的大厅让我流连忘返，尤其是心情忧郁的时候，夏天大家在大草坪上逗留很久，夜间还能听见欢声笑语，旁边的林荫大道旁的咖啡馆也是大学城的一部分，六月的傍晚在那里喝上一杯，聆听树叶的窸窸窣窣声何等惬意，旁边的蒙苏里公园也不错，如果可能的话，就生活在这里，永远也不想走出这片奇幻的区域，在这里，巴黎显得十分遥远。”《夜的草》中的“我”也表示，自己从来没做过大学生，在外面总是感到惴惴不安，所以常常躲进大学城，“感觉它属于另一座城市，另一个国度，另一种生活”。大学城对面的蒙苏里公园附近的奥德街也是一个令人魂牵梦绕的地方，因为“我”在28号租了一个房间，“我”常常在那里一边阅读创作，一边翘首等待丹妮，她常常在凌晨4点钟出其不意地驾到，在等待她的时间里，“我”总有一种无限和休闲的感觉，这种快感别人要去毒品中找寻，“我”在等待中就能找到，而等到一月份街上白雪皑皑的时候，“我们仿佛远离巴黎，置身于一座小山村中”。那个房间的楼上还住着一名在一个舞台剧中只有一句台词的女演员，只要她的房间里亮着灯，“我心里就好比吃了一个定心丸”。在通往那套小公寓的路途中，还有一只站岗放哨、凝望南方的贝尔福雄狮雕塑，坐在通往奥德街的陡峭台阶的石级上，还能听到从某个地方传来的潺潺泉水声……所以，在梦中，“我”经常回到那里，重新见到不同季节的奥德街，有时是皑皑白雪，有时是一派炎炎夏日的光景。

然而，要去往大学城，常常要沿着桑岱监狱，走过一条漫无尽头、阴森可怖的桑岱街。而且后来总有一种诡异的气氛在大学城弥漫，隔三岔五就有警察来检查……所以，这并不是巴黎真正的“世外桃源”，真正的世外桃源要到巴黎城西靠近布洛涅森林的16区去寻找。这个地区没有明确的身份和特点，属于边界地区、次等地区，是莫迪亚诺所界定的“中性地区”，却常常富有异国情调，有时甚至充满梦幻色彩。莫迪亚诺出生于布洛涅-比扬古，所以对那一带特别有感情：“我喜欢在城西的一些街头漫步，16区的巴黎，那里就像是一个遥远的中立国家。"《夜巡》中的主人公常常在布洛涅森林里徜徉，在那个"由绿荫笼罩的大小湖泊、林间曲径和茶馆酒吧组成的神秘王国"中，可以"充分地享受夏夜的美好时光"。在《夜的草》中，女主角丹妮也表示，她更愿意待在16区的一个大房子里，因为那里的环境非常幽静，而且可以隐姓埋名，与世隔绝，在那里会忘记巴黎的那些黑洞和那些"险恶之地"。《地平线》中的打字员西蒙娜·科尔迪埃也住在16区，因为在那里没有窒息感，无须像在蒙帕纳斯那一带那样时刻保持警惕，在那里就像是待在一个边界，时刻可以"冲向未来"，而且街区的每一条街道都阒无一人，非常安静，"就像一条条逃逸线"……

莫迪亚诺的作品描写了一个消逝了的时代，同样也展示了一个消失了的巴黎，龚古尔奖评委贝尔纳·皮沃说，2014年的诺贝尔文学奖实际上也是奖给巴黎这座城市的。法国作家奥利维埃·亚当说，莫迪亚诺的巴黎是一个被他"重新描绘、重新定义、重新创造"的巴黎。莫迪亚诺对巴黎的感情是复杂的，他觉得，一个小村庄、一座老钟楼就足以满足自己的心愿，可他“偏偏生活在都市里”，就像一只惊慌失措的飞蛾。他喜欢巴黎这个城市，从童年时起就一直没有离开过它，这是他的故乡，是他生命的一部分，但也是他的“地狱”，他“年迈、粉面的情妇”。他想找回昔日的巴黎，但他“生活过的巴黎以及在作品中描述的巴黎已经不复存在”，所以只能通过一部部作品把巴黎“变成我心中的城市，我梦中的城市，永恒的城市”，因为他“已经很难离开它了”，可以说，莫迪亚诺和巴黎的关系远远超过一个作家和一个城市的关系。莫迪亚诺的作品中，对巴黎的地形描绘占据着非常重要的位置，作家笔下那些幽灵般到处游走、没有根基的人物通过游荡绘制出一幅属于他们自己的巴黎地图。作品中铺天盖地的精确地名对不了解巴黎的人文地理的读者确实会产生不小的阅读障碍，土耳其作家帕慕克说，如果你对巴黎一知半解，你很难进入莫迪亚诺的世界。

已出版图书目录

一、精品栏目荟萃

《副刊面面观》

《心香一瓣》

《纽约客闲话精选集　一》

《多味斋》

《文艺地图之一城风月向来人》

二、个人作品精选

《踏歌行》

《家园与乡愁》

《我画文人肖像》

《茶事一年间》

《好在共一城风雨》

《从第一槌开始》

《碰上的缘分》

《抓在手里的阳光》